君と見上げた、あの日の虹は

夏雪なつめ

STARTS
スターツ出版株式会社

雨上がりの空に、かかる虹。
それを見上げる私の隣に、
あなたの笑顔がありますように。
それだけで、きっと、
この心は強くいられるから。

目次

君と見上げた、あの日の虹は

1. 雨宿り

神様なんて、きっといない。

もしもいるとしたら、なんて役立たずなんだろう。

なんて、そう思っていた。

だけど私を救ってくれたのは、他でもない〝神様〟だった。


鳥のさえずりと、カーテンの隙間から差し込む朝の光のまぶしさで目を覚ました。見慣れない真っ白な天井と、大きな照明。鼻腔《びこう》から入り込む家の匂いに、まだ夢なんじゃないかと一瞬錯覚《さっかく》するけれど、すぐにこっちが現実なのだと思い出す。

「……朝か……」

寝起きの弱々しい声でつぶやいて、枕元のスマートフォンを見る。ホーム画面に表示された時刻は、午前七時三十分。ちょうど鳴り出したアラームを止めて、身体を起こした。

朝起きたら、身支度は手早く時間をかけずに行う。なるべく音を立てないように二階にある自室から一階へと降りて、顔を洗って歯を磨いた。

セミロングの茶色い髪をブラシで簡単に整えながら自室に戻って、制服に着替える。校則に引っかからない程度の軽いメイクをして、鞄に教科書やノート、文庫本を詰め込んで支度を終える。

「いってきます。……お父さん」

そしてテーブルの上に置いてある、手のひらほどのオルゴールをそっと優しく撫でて部屋を出た。

支度をするときと同様、家の中の誰にも気づかれぬよう静かに家を出ようとした。けれど、玄関におりて靴を履《は》いていると、右手にあるリビングのドアが開いてしまった。

「あっ、おねえちゃん！　おはよー！」

ひよこ、と現れた、小柄な身体に大きな目をしたその子は、私を見て無邪気に笑う。

……あぁ、捕まった。

心の中でつぶやく私に、五歳の妹である梨花《りか》がにこにこと笑っている。

「もういっちゃうのー？　いっしょにあさごはんたべようよ！　きょうのごはんはねぇ、ハムとー、たまごとー」

真っ黒なツヤツヤの髪を編み込みにして、たどたどしい口ぶりで話す梨花。その姿はかわいらしくて、突っぱねることができずに「えーと……」と口ごもる。

そうするうちに、続いてドアから顔を見せたのは、ひとりの男性。

「あ、はるこちゃん。おはよう」

細身の体型でメガネをかけている修二《しゅうじ》さんは、穏やかに笑って挨拶《あいさつ》をしてくれる。

それから靴を履いている私の足元を見て、少し困った顔をした。

「朝ごはんは？　今日も秋乃《あきの》さん、はるこちゃんの分も用意してるよ？」

そう言う修二さんの視線の先には、大きなダイニングテーブルがある。その上には私と梨花と修二さん、三人分の朝食が用意されていた。

けれど、私はすぐ顔を背《そむ》けてしまう。

「……いいです。もう、行かなくちゃ」

出てくるのは、かわいげのかけらもないひとこと。それに対して怒ることもなく、修二さんは「そっか」とうなずいた。それ以上の会話を拒《こば》むようにして、私は無言で家を出た。

「いってらっしゃい、気をつけて」

「いってらっしゃーい！」

きっと悲しい顔をしているだろう修二さんと、屈託《くったく》のない笑みを見せているだろう梨花。そんな対照的なふたりが同時に発する『いってらっしゃい』に、私は答えることはおろか、振り返ることすらしなかった。

真新しい紺《こん》色のスニーカーで、真新しい白い自転車をこぐ。

どちらも、この土地で暮らすのなら必要だろうと修二さんが買ってくれたものだ。

電車は一時間に一本。二階建ての住宅より高さのある建物は、このあたりだと隣町にある私が通う高校か、市役所と図書館くらいだろうか。コンビニは駅前にしかなくて、大きなショッピングセンターまでは車で三十分かかる。土地のほとんどは、田んぼか畑が広がっている。

私が今住んでいるこの町は、俗《ぞく》にいう田舎町というものだ。

目の前には、まっすぐに延びた田んぼ道。車一台分ほどの幅しかない道を縁《ふち》取るように、六月の青々とした草花がずっと続いている。

季節はちょうど、梅雨《つゆ》に入って少しした頃。今年の梅雨は例年より雨の日が多いだろうと気象予報士《きしょうよほうし》が言っていたけれど、今のところは晴れの日が多い印象だ。

今日の天気もそうで、空には爽やかな青色と、大きな白い雲が浮かんでいる。

「早く、梅雨が明けないかな……」

タイヤがシャーッと回転する音だけが響く道では、ぽつりとつぶやく自分のか細い声はすぐ消える。

今は高校二年生の六月。梅雨が明ければ夏がきて、秋が過ぎ冬を越えて春がくる。それを二回繰り返せば、私は大人になって、この町を出ることも許される。

どこに行きたいわけでもないけれど、ここが私の居場所じゃないってことだけはわかる。だから大人になったら、居場所を探しにこの町を、家族のもとを離れるんだ。

私は、三苦《みとま》はるこという。いや、正確には、三苦はるこに〝なった〟。ついこの前、先月までは『永田《ながた》はるこ』が私の名前だった。

というのも、永田というのは、ひとりで私を育ててくれたお母さんの姓《せい》。お母さんが再婚し、私は三苦と名乗ることとなったのだ。

お父さんは、私が三歳の頃に事故で亡くなった。

『お母さんが〝秋乃〟だから、おまえは〝はるこ〟だ。暖かくて穏やかな、春だ』

微《かす》かに覚えているのは、そのセリフと笑ったときの口元だけ。

のちにお母さんが聞かせてくれた話では、本当は〝春子〟にする予定だったけど、お父さんが『いっそうやわらかさが出るように』と平仮名のはるこにしたのだそう。

お父さんの顔は写真でしかわからない。けれど、そんな少しの記憶しかなくとも、私にとっては想いのこもった名前をくれた大切なお父さんだ。

お父さんが亡くなってから、お母さんは女手ひとつで私を育ててくれた。

大きな企業で働いていたお母さんは、バリバリのキャリアウーマンだった。毎日がんばって働くお母さんを尊敬《そんけい》していたし、そんなお母さんとの生活は楽しかった。

けれど生活のために仕事を優先させることが多かったお母さんは、会社の命じるまま転勤《てんきん》をさせられることが多かった。各地を転々とする中、ようやく東京での生活が落ち着くと思っていた矢先、お母さんが『大切な話がある』と私に紹介したのが、修二さんたちだった。

『三苦修二です。あと、娘の梨花です』

『お母さんね、彼と再婚しようと思うの。彼、奥さんと離婚してからひとりで梨花ちゃんを育てていてね』

お母さんより四つ若い、三十六歳だという修二さんは、梨花が産まれてすぐに奥さんの不倫《ふりん》により離婚した。以来、五年間ひとりで梨花を育ててきたのだという。

苦労などを一切感じさせない、にこにことした笑顔と穏やかな話し方。彼がいい人なのは初対面でもわかったし、まっすぐに育っている梨花を見ても明らかだ。

『それで後々《のちのち》の話ではあるんだけど、お母さん会社辞めて、修二くんの実家の会社を手伝おうと思うの』

修二さんの実家は、地元でも有名な大きな農機具《のうきぐ》の会社だそうだ。

もともと修二さんも実家を継《つ》ぐつもりで東京の会社で勉強をしていたところだったらしい。両親も高齢であることから、再婚を機にお母さんと修二さんで会社を引き継ぐという。

その話を聞いてからも何度か四人で食事をしたけど、やはり気まずさは拭《ぬぐ》えないまま。修二さんと打ち解けられないうえに、徐々にお母さんともうまく話せなくなっていってしまった。

そんな中でも話だけがとんとん拍子に進んでいき、気づけば住んでいた東京から修二さんの地元である新潟《にいがた》県の田舎町に引っ越してきていたのだった。

だからといってすぐに家族になれるわけじゃない。私からすれば、修二さんは〝母親の再婚相手〟でしかないわけで、父親としてなんて受け入れられない。

お母さんも、勝手すぎる。勝手に再婚して勝手に引っ越して、私の心だけが置き去りにされたみたいだ。

……私のお父さんは、ひとりしかいないのに。

そんな風に思うと、一緒に住んで一週間が経とうとしている今もまだ、まともに会話もできない。修二さんも私の考えていることがわかるのか、穏やかさの中に少しの遠慮《えんりょ》と、腫《は》れ物に触れるような距離感がうかがえる。

慣れない土地で、慣れない家族と暮らす日々は窮屈《きゅうくつ》で息苦しい。

ぎこちなさと居心地の悪さで押し潰されそうだ。

「東京に、帰りたい……」

ぼそ、とつぶやいてから、かと言って東京にも特別居場所があったわけでもなかったことを思い出す。けれど、それでも、ここよりはまだ呼吸がしやすい気がする。

会いたい友達もいないのに、東京に戻りたいと思う理由はただそれだけ。

自転車でひたすら田んぼ道を駆け抜けて二十分。【新潟県立桜咲《おうさき》高等学校】と書かれた校門を抜けて、広い駐輪場に自転車を停めた。

隣町にあるこの高校は、市内では一番大きい高校だ。偏差値《へんさち》は中の上、スポーツに力を入れている学校で、推薦《すいせん》で入る人も多いのだという。

電車で隣の市へ出ればもっと高校はあるし、そちらを選ぶ人ももちろんいるけれど、このあたりに住む人は、通いやすさの点からほとんどがこの学校を選んでいるらしい。それは私も例外ではなく、家から一番近いこの学校の転入試験を受けた。

男子は、シャツに黒いズボンという学生服。女子は紺色のスカートに赤いリボンのセーラー服。

その中でひとり、ブレザーにチェック柄のスカートという以前の高校の制服で歩けば、自然と周りから注目を浴びた。急な転入で、まだ制服も仕上がってないのだ。

こんな格好では、自ら『私はよそ者です』と言っているようなもの。チクチクと刺さる視線たちに、もともと猫背《ねこぜ》がちな背中が余計丸くなる。

一学年二クラスしかない小さな校舎の中はすぐに覚えることができて、二階にある自分のクラスへやや早足で向かっていった。

「おはようっ、三苫さん！」

するど、元気のいい声とともに、突然背中をドンッと叩かれる。

驚いて振り返れば、そこには茶色いショートカットの女の子、藪《やぶ》さんがいた。水泳部で焼けたという健康的な肌をしている彼女は、私に笑顔を向けている。

「……おはよう」

「あはは、相変わらず声小さいなー」

朝から元気いっぱいの藪さんは、ぼそぼそとした私の返事も笑い飛ばす。

同じクラスの藪さん……藪詩月《しづき》さんは、転校初日からなにかと気にかけてくれて、毎朝こうして声をかけてくれる。

それはきっと、彼女が学級委員長だからだ。先生から、クラスに打ち解けられなさそうな私のフォローでも頼まれているのだろう。

「あ、今日の五限目の体育、外でソフトボールだって！　超楽しみだね！」

明るく話す藪さんに、私はこくんと小さくうなずくだけですぐに窓際の自分の席へとついてしまう。そんなふうに逃げるような私の態度を、不快に思わなかっただろうかと一瞬心配になる。

今からでもひとこと、なにか言ったほうがいいかも、とちらりと藪さんのほうを見やると、藪さんはすでに他のクラスメイトに話しかけられていた。

……さすが、明るいし人気者だ。

羨《うらや》ましいような、どこか切ないような、なんとも言えない気持ちをのみ込む。そして誰にも話しかけられたくなくて、持ってきた文庫本を鞄から取り出した。

居心地の悪さは、家でも学校でも変わらない。どれだけ声をかけられても、気遣われても、〝よそ者〟の私に居場所はない。

幼い頃はお母さんが忙しかったこともあって友達と遊ぶことも多かったけれど、転勤とともに引っ越しを何度もしていると、友達をつくっては離れるの繰り返しだった。そのたび、連絡先の交換もするけれど、すぐ途切れてしまう。

そしていつしか、友達をつくること自体が億劫《おっくう》になってしまった。どうせ友達になっても、縁なんて簡単に切れてしまうことを知ったから。そのせいか、藪さんのように親しげに話しかけてくれる人にも心を開く気になれない。居心地の悪さが重りになって、私から言葉を奪っていく。


その日の放課後のこと。朝は晴れていたのに空は薄暗い雲に覆《おお》われ、今にも雨が降り出しそうだった。そんな中、私は急いで自転車をこぐ。降られる前に帰らなきゃ、そう思う反面、早く帰宅しても居づらいだけだと思うと次第にペダルをこぐ足が重くなる。

高校を卒業したら、この町を出るつもりだ。けれど、それまで何十回、この気持ちを繰り返すのだろう。

家にも学校にもいたくない。誰のことも受け入れられないし、心を開くことができない。こんな毎日、嫌だ。足についた重りに引きずられるように、身体が沈んでいくのを感じる。

「……苦しい」

ぼそ、とつぶやくと同時に、ハンドルを握る手にぽたっと雫が落ちた。

「え？」

慌ててぱっと顔を上げると、どんよりとした雲から、ぽつ、ぽつと雨が降り出した。そして瞬く間に、ザーッと勢いを増していく。

どうしよう、どこか雨宿りできるところ、とあたりを見渡すけれど、田んぼだけが続く細道には当然なにもない。

さすが田舎……。

けれど家までまだまだかかるし、と考えている間にも雨は降り続き、頭から靴の中までびしょ濡れにしていく。

その時ふと、道の端の小さな看板が目に入った。

色あせた古い木の板に【五〇〇メートル先　霧舞《きりまい》神社】と書かれている。どうやら神社の案内板らしい。この先の林の中にあるようだ。

入ったことのない林の中にある神社なんて、普段なら不気味で尻込みしてしまうだろう。けれど今は、とりあえずこの雨をしのがなければならないと、私は迷わず矢印の指す方へと向かっていった。

細い道の先にある、木の生い茂る林道。その中をまっすぐ走っていくと、右手側に石段があった。

たぶん、この先だ。

道の端に適当に自転車を停め、早足で長い石段を駆け上がる。そして最後の一段を上り終えると、目の前には大きな鳥居がどんと構えていた。

「お邪魔します……」

誰に向けたわけでもないけれど、一応小さくつぶやいて鳥居をくぐり、ひと気のない境内《けいだい》へ踏み込む。

色あせた朱色《しゅいろ》の大きな拝殿《はいでん》と、それを守るように並んだ二体の狛犬《こまいぬ》。賽銭箱《さいせんばこ》の上にある鈴は錆《さ》び、古く汚れたそれらがこの神社の歴史の長さを感じさせる。それと同時に、普段は滅多《めった》に人も寄り付かないのだろうと察することができた。

雨の中で見るその神社は薄暗く少し不気味で、まるで幽霊《ゆうれい》でも出てきそうな雰囲気だった。

怖かったけれど、気のせいだ、空が暗いせいだ、と自分に言い聞かせて、拝殿の屋根の下に入り、向拝《こうはい》の段差に腰を下ろした。

「ふぅ、もうびしょ濡れ」

濡れたブラウスの袖《そで》は肌に貼りつくし、ベストは水を吸って重い。せめて足元の不快感くらいは取り除きたいと、靴下を脱ぐ。

……雨、すぐやむかな。

もうこれだけ濡れているのだから、一気に駆け抜けて家まで帰ってしまえばよかったかもしれない。

それでもこの足を止めるのは、考えると気が重くなる〝家族〟の存在だ。

勝手に入って大丈夫だったのかな。……いや、大丈夫か。他にひと気もないし、ましてや神様なんていないわけがないから罰も当たらないだろう。

そう、神様なんていない。いるのなら、この心の重りをどうにかしてほしい。

「……はぁ」

無意識に出たため息とともに空を見上げた、そのときだった。

「誰かいるのか？」

雨の音だけが響く中、背後から聞こえた低い声。

その声に驚き振り向くと、そこには拝殿の中から戸を開けこちらを見る男性がいた。

背が高く細身で、サラサラした黒い髪。私より少し年上だろうか。シャープな輪郭《りんかく》に形のいい二重の目をした綺麗な顔は、透き通るように白い。紺色の無地の浴衣《ゆかた》を着て戸に寄りかかる姿が、どこか異次元《いじげん》の人のようだ。

わ、綺麗な人。芸能人？　俳優？　ていうかなんでそこに……しかも浴衣？

誰もいないだろうと思っていただけに驚きを隠せない。そんな私に、彼は真っ黒な瞳を向けた。

「なんだ、高校生か。こんなところで寄り道か？」

「あ……すみません。急な雨に降られて。雨宿り、させてほしくて」

「雨？　あぁ、夕立《ゆうだち》か」

気づいていなかったのか、彼は空を見上げて「すぐやむだろ」とうなずいた。

こんなに降っているのに気づいていなかったなんて、変な人だな。

見た目はかっこいいけれど、言葉遣いはそっけない。冷たい印象を受けるその言い方に少したじろいでしまって、ふたりの間に沈黙が漂った。

……早く、雨やまないかな。

見上げる空からはまだ雨が降り続く。ここでもまた、居心地の悪さを感じて逃げ出したくなってしまう。

「学校帰り？」

不意に質問されたことに驚き、彼を見た。問いかけるその瞳はまっすぐに私に向いており、戸惑いながらも小さくうなずく。

自分から話しかけてくるなんて、案外話しやすい人だったりするのかな。

そう思い、今度は自分から話題を振ってみる。

「あの、あなたはここでなにを？」

「なにを、って言われてもなぁ。別になにも、としか言いようがない」

用もなく、この古い神社に？

わけがわからなくて首をかしげた。

「大学生？　それとも社会人？」

「さぁ？　どっちに見える？」

「どっちって……どっちかといえば、無職？」

真剣に言うと、その答えが予想外だったのか、彼は「ブッ」と吹き出した。

「ははっ、それ学生でも社会人でもないし。ていうか、会ってすぐの相手を無職扱いって」

「だって格好が、なんていうか浮世《うきよ》離れしてるっていうか」

別に悪い意味で言ったんじゃない、というふうに言葉を付け足すと、彼は笑みを浮かべたまま肩をすくめた。

「浮世離れ、ねぇ。いいな、じゃあ学生でも社会人でも無職でもなく、幽霊……いや、〝神様〟ってことで」

「神様……？」

あまりに突飛《とっぴ》な彼の発言に、今度は私が「ふっ」と鼻で笑う。

自分を神様って、この人、頭大丈夫だろうか。冗談だとしてもなかなか言えることじゃない。

「お前の言いたいことが黙っててても伝わってくるぞ」

「だって……自分で自分を神様って。ありえないでしょ」

おそらく年上だろう相手に対して失礼かもしれないけれど、バカにするような目を彼に向ける。

「バカにしてるな？　なら、神様らしくお前のことを当ててやろう」

そう偉《えら》そうに言って、彼は私をビシッと指差す。

「お前、もともとこの辺のやつじゃないだろ。そうだな、高校に転校してきて一週間、ってところか」

「え？」

なんで知ってるの……？

突然言い当てられたことに一瞬戸惑うが、思えば今の私は制服姿だ。地元の高校の制服を知っている人から見れば転校生なのは明らかだし、まだ制服ができていないという点から一週間くらいという時期も推測《すいそく》できる。

「神様っていうか、詐欺師《さぎし》？」

「おい、ひどい言い草だな」

ははっと笑いながら否定をしないあたり、その予想は当たらずといえども遠からずというところなのだろう。

彼は私が座る位置から人ひとり分空けて隣に座った。浴衣の裾《すそ》からのぞく、下駄を履いた足の甲が骨っぽい。

「まぁまぁ。今のは冗談、今度こそ本気出すから」

本気って？　またなにかくだらないことをそれっぽく言ってみせるのだろうか。

疑いの眼差しを向け続ける私に、彼は空を見上げて言う。

「目閉じて。雨の音に耳を傾けて」

「え？　どうして……」

「いいから」

意味がわからなかったけれど、渋々、言われるがまま目を閉じた。

古びた神社の屋根の下、見ず知らずの人にわけのわからないからかい方をされているなんて。でもなぜだか嫌な気はせず、不思議と彼の言葉通りにしてしまう。

目を閉じて雨音を聞くほど、気持ちが落ち着いていくのを感じた。真っ暗になった視界の中で、視覚以外の感覚がやけに冴《さ》えてくる。

ふたりの間に続く、葉や地面を打つ歌うような雫の音。周りの土や石の湿《しめ》った匂い。濡れた肌を微かな風が撫《な》でる感触。

それらを感じていると、家にいるより、学校にいるより、呼吸がしやすい気がする。きっと、知らない場所で、家族でもクラスメイトでもない人といるから。だからこそ、余計なことを考えなくてもいいのかもしれない。

普段のように気を張らなくていい。相手の反応をうかがわなくていい。

……不思議な気分。雨の音が、心地いい。

「目、開けて」

その言葉を合図に、そっと目を開く。すると目の前には、小さな花が咲いていた。

彼が差し出す、鮮やかな濃いピンク色の、縦長の形をした花弁の花。

「花……？」

「神様だからな。花のひとつくらい簡単に咲かせられるんだよ」

誇《ほこ》らしげに言いながら、彼は私のブラウスの胸ポケットに花をスッと挿《さ》した。

「うん。よく似合う」

なんだかキザなセリフだけど、それを自然と言ってみせる。

花を咲かすなんて、この人やっぱり本当に？

一瞬そう信じかけたけれど、よく見れば花びらには小さな水滴がついている。もしや、と自分たちがいるところのすぐ近くの茂みをみれば、ところどころに同じ花が咲いている。

と、いうことはつまり……。

「これ、そこの茂みに咲いてたやつでしょ。あ、もしかして雨の音に耳を澄ませてって言ったのも音を聞かれないように？」

「バレたか。お前結構鋭いな」

指摘する私に彼はあっさりと認めて笑う。

この人、やっぱり神様っていうより詐欺師のほうが合ってるんじゃないだろうか。一瞬でも信じかけた自分が恥ずかしい。

もらった花を捨てるわけにもいかず見つめていると、隣にいる彼が「あ」とつぶやく。

「今度はなに……」

またなにかからかうネタでもみつけたのだろうか、そう呆れたような気持ちで顔を上げた。

すると彼はふっと笑って空を指差す。

すらりとした細長い指先を追いかけるように見れば、雨はやみ、雨雲が流れた空には、薄いグレーの雲と白っぽい空、その隙間からにじんだようなオレンジ色の夕焼けが広がっていた。

「雨……やんだんだ」

ついさっきまでずっと降っていたのに、一瞬でやむなんて。

短時間の夕立だったのだろう。雨上がりの明るい空を見上げていると、隣の彼も同じく空を見つめている。

「ま、俺にかかれば雨を止めるなんてチョロいもんだ」

「ただの偶然のくせに、なに威張《いば》ってんの」

誇らしげに言う彼に容赦《ようしゃ》なく突っ込んだ。

この人、顔はかっこいいのに中身はだいぶ変わってるなぁ……。

第一印象のそっけなさから変わった印象に、つい苦笑いをこぼす。すると彼は、不意に私の頭をそっと撫でた。

「これで帰れるだろ。家であたたまれ。風邪引くぞ」

「……子供扱いしないで」

まだ濡れている頭をポンと撫でられたことが少し恥ずかしくて、手を払いながらそう言うと、彼はけらけらと笑う。

「じゃあな、また」

「え？」

彼が低い声で囁《ささや》いた、そのときだった。突然サァッと風が吹く。

濡れた木々を揺らす一瞬の突風《とっぷう》に驚いて、咄嗟《とっさ》に目をぎゅっとつむった。すぐ収まった風に目を開ければ、そこにはもう彼の姿はなかった。

「消え、た？」

一瞬で隠れてみせたのだろうかとあたりをキョロキョロと見回すけれど、やはりどこにもいない。

どうせ、またどこかに隠れているのだろう。いなくなったフリをして、最後まで神様ごっこだろうか。それなら付き合ってやろうか、と、私は彼を探すことなく立ち上がった。

頭に残る、彼の手の優しい感触。

……雨もやんだし、帰らなくちゃ。

歩き出し、鳥居をくぐって階段をおりる。下に適当に停めて置いた自転車が、雨を凌《しの》ぐように大きな木の下に停めてあることに気づいた。

通りがかった誰かが寄せてくれたのだろう。けれど、さっきの彼なら『神様の力だ』と言うのだろうか、なんて思って少し笑えた。

雨が上がったばかりの、ぬかるんだ道を自転車で駆け抜ける。

不安定な道、濡れた制服、行き先は家。いつもなら、嫌だとしか思えないことばかり。

けれど、今この胸は期待と好奇心《こうき》に膨《ふく》らんでいる。

……また、あの神社に行けば会えるのかな。『神様』と名乗る、不思議な彼と。

それはこの町で、私が初めて見つけた光のようにも思えた。

2.　小さな光

初めての引っ越しは、小学二年生のときだった。

それまでは東京の端に住んでいたけれど、お母さんが初めて転勤を命じられ、仙台《せんだい》へ引っ越すこととなったのだ。

東京の友達との別れは、寂しかった。泣いてくれる人もいて、【はるこちゃんへ】と書かれた寄せ書きももらった。引っ越し先の住所も教えて、『手紙送るね』と約束もした。

けれど、待っても待っても、新しい家に友達からの手紙が届くことはなく、期待は崩れてしまった。

それなら今度は引っ越し先で友達をつくろうとがんばった。明るく振る舞っていたらすぐに仲良くなれて、また友達ができた。

けれど、仙台に引っ越して一年後、またお母さんの転勤が決まった。そして『連絡するね』と約束をしたのに、また連絡はこなかった。

それから何度も、同じことを繰り返した。

『はる、転校ばっかりさせてごめんね』

何度もそう謝ってくれたお母さんを責めることなんてできなかった。仕事の都合なんだ、そのおかげで生活ができているんだ、そう思うと、余計にわがままは言えなかった。

中学生になってからもそんな生活は続いた。

徐々に、皆それぞれの生活があって、それぞれのペースで時間は流れている。地域によって違うこともたくさんある。だから引っ越した私のことを忘れてしまっても仕方がないと思うようにした。

けれど、ある転校先でクラスメイトが話しているのを聞いてしまった。

『永田さんって転校してばっかりなんでしょ？　じゃあまたすぐ転校しちゃうだろうし、仲良くなる意味なんてないよね』

意味なんて、ない。その言葉に強い寂しさと孤独を感じた。

たくさんの土地で暮らし、そのたびにたくさんの人と友達になっても、距離が離れることで心も離れていくのなら、すべて意味のないこと。

そう思うと、心を開くことができなくなっていった。

それは、この町でも同じ。いつか距離も心も離れてしまうのに、友達をつくるなんてできない。私は、一緒に過ごした時間を無駄だと思われることが怖いんだ。

いつもと同じ時刻に目を覚ました私は、いつもと同じように制服に着替えて身支度を終えた。

昨日、びしょ濡れで帰った私を出迎えたのは先に帰っていた修二さんだった。修二さんは心配してタオルを用意してくれたりお風呂を沸かしてくれたりしたけど、私はまたそっけない態度をとってしまった。

そんな私にお母さんは怒っていたけれど、梨花の世話と夕飯の準備で忙しそうだったので、私は自分で洗濯をして部屋にこもった。

まるで、お母さんと修二さんと梨花、三人だけで家族の形が完成しているように思えて、また孤独感が胸を襲った。

その感情を思い出し、こらえるように手に取ったのは、机の上に置いてある手のひらサイズの箱。白地に金色の縁取りがほどこされた、小さなオルゴールだ。

右横の小さなネジを回すと、繊細《せんさい》な鍵盤《けんばん》を叩くような音色が響いた。

このオルゴールは、昔お父さんが私に贈ってくれたものだ。私が三歳の頃、最初で最後の家族旅行でお父さんが『はるこに』と買ってくれたのだと、物心がついてからお母さんから聞いた。

そのときの記憶はない。けれど、この音色を聴くとお父さんのぬくもりを思い出せる気がして、不思議と心が落ち着くのだ。

私のお父さんは、今もただひとりだけ。

「いってきます、お父さん」

オルゴールを閉じてそうつぶやくと、私は鞄を手にして部屋を出た。

「あっ、おねえちゃんだー！　おはよー！」

玄関へと降りると、ちょうどリビングから出てきた梨花とお母さんと鉢合わせた。

……お母さん、今日はまだ出ていなかったんだ。

ここに来てから、修二さんとともに会社を継いだお母さんは、いつも朝早く家を出て夕方まで働いている。お母さんともなるべく顔を合わせないようにしていたから、若干の気まずさがあった。

「お……おはよう、梨花」

梨花にそれだけ言うと、私はそそくさと逃げるみたいにお母さんの隣をすり抜けようとする。

そんな私に、お母さんは眉間《みけん》にシワを寄せて怪訝《けげん》な表情を向ける。

「ちょっと、はる。あなた今日も朝ご飯食べないつもり？　毎日毎日、どういうつもりなの？」

「……別に」

「別にってなに？　夕飯もいつもひとりでコソコソ済ませて、なんでそうやって、修二くんや梨花ちゃんのことを考えないの!?」

……お母さんだって私の気持ちを考えないくせに。

朝はさっさと学校に行き、夜は部屋にこもって一緒に夕食をとることはない。そして夜中にこっそり一階に降りて、残されたご飯を少し食べるだけ。

その理由を『修二さんや梨花と一緒に食事をする気にはなれないから』なんて正直に言えるわけがなくて、無言のまま靴を履く。

お母さんはそれを無視と受け取ったのだろう。「はる！」と声を荒らげた。

「秋乃さん？　どうかしたの？」

そこに、リビングのドアからひょこっと修二さんが顔を出した。

けれどすぐにお母さんの怒った顔と私の姿を見ただけで状況を察したのか、「はるってば……」と私への不満を口にするお母さんに、修二さんは時計を指差しながらわざと大きな声で言う。

「あっ、はるこちゃん。おはよう。そろそろ時間じゃないの？」

「……すみません」

いってきます、より先に出た言葉に思わず苦笑して、そそくさと外へ出た。玄関の中からは「ちょっと！」と怒鳴る声が聞こえるけれど、修二さんならきっとうまくおさめるだろう。

……修二さんがいい人だっていうのはわかっているのに、どうしても心を開くことができない。

やっぱり今日も、『いってきます』は言えなかった。

梅雨の合間の晴れた今日、カラッと晴れた空の下を自転車で駆け抜ける。長い田んぼ道をペダルをこいで進めば、暑さにじんわり汗がにじんだ。

通り過ぎる道の端には、【五〇〇メートル先　霧舞神社】と書かれた古い看板。それを横目で見て、昨日のことを思い出した。

結局彼は、何者だったんだろう。あそこでなにをしていたんだろう。

ただひとつわかっているのは、彼が人をからかうのが好きな、〝自称神様〟ということだけ。

浴衣を着ていた彼の姿を思い浮かべながら、久しぶりに感じた楽しかった気持ちを思い出した。


「三苫さん、おはよー」

教室に入ると、明るい笑顔で出迎えてくれたのは藪さんだった。

ひらひらと手を振る彼女に、手を振り返すことも笑いかけることもうまくできず、

「お、おはよう」と小さな声で答える。

……〝神様〟とはもう少しうまく話せたのに、へんなの。

そんな私の心を知らずに、藪さんは笑顔のまま近づいてくる。

「昨日の帰り大丈夫だった？　バス乗ってたら大雨降ってきてびっくりしちゃった」

「う……うん、いきなり降られて、大変だった」

「あ、三苫さん自転車だもんね！　びしょ濡れになっちゃったでしょ」

雨の話題に、彼のことを思い出しながら口を開く。

「けど、途中神社で雨宿りしてたから」

「神社？　三苫さんの家の方って神社なんてある？」

「なんか、すごく小さくて古い、霧舞神社？ってところ」

藪さんは「んーと……」と少し考えてから、思い出したように大きな声を上げた。

「あー！　看板は見たことあるかも！　一本入ったところのだよね。よくあんなところ入れたね、幽霊出そうじゃゃん！」

……幽霊どころか、神様に会っただなんて言えない。

言えば頭がおかしいと思われる。それだけは避けたくて、言葉を付け足すのをやめてのみ込んだ。そんな隠した言葉に気づくことなく、彼女は笑う。

「三苫さん、この町にはもう慣れた？」

「まだ……あんまり」

「あはは、そうだよね！　まぁこの辺なにもなくて不便だし、なかなか慣れないよね」

『不便』というその言葉に同意していいものか、返答に詰まる。

「三苫さんが前住んでいたところはお店とかいっぱいあった？」

「いっぱい、じゃないけど少しは」

「へぇ、いいなぁ〜。ってそうだよね、東京だもんね！　お店ないわけないか！」

その言葉に嫌味などはなく、純粋に思ったままのことを言っているのだろうと、藪さんの明るい表情から感じ取れる。

「不便だしなにもないし、三苫さんが前にいたところよりつまらないかもしれないけど、でも悪いところばっかりじゃないからさ。早く慣れるといいね」

それは、本当に私を気遣っての言葉なのだろう。その優しい言葉にあたたかさを感じるとともに、『早く出ていきたい』と思っていた胸がズキっと痛んだ。

友達をつくるのは、怖い。いくら今仲良くなろうと、距離が離れればつながりなんてすぐなくなってしまう。

けれど、せめて、普通に話せたらいいのにと思う自分もいる。それなのに、言葉はうまく出てきてくれないし、笑顔のひとつもこぼせない。

神様相手のほうがよっぽど普通に話せた。

……今日も、あの神社にいるのかな。

いるかどうかはわからない、本当に本物の神様なのかもわからない。けれど、行ってみよう。

家族でもクラスメイトでもない誰かの隣で、深呼吸をしたい。

それは、今の私にとって唯一の希望のようなものだった。

放課後、田んぼ道を走り例の看板を見つけると、そこを曲がり林道へと入る。

神社は明るい夕方の中で見るせいか、昨日の不気味な雰囲気とはずいぶん違っていて、どこか厳《おごそ》かささえ感じる。

石畳を踏むと、ジャリ、と独特な音が響いた。あたりを見渡せば一面を林に囲まれていて、なにかから守られているかのようだ。

まるで、別世界のよう。現実とは違う次元の世界のようにも感じられて、ぼんやりとその景色を見つめていると、ささやかな風が小さく葉を揺らした。

「……いない、のかな」

誰に言うわけでもなくつぶやくと、次の瞬間ザアッと強い風が吹き、「わっ」と咄嗟に髪を押さえて目をつむった。そして、風がやんだ瞬間——。

「今日も雨宿りか？」

そう、問いかける声が聞こえた。その声に顔を上げて見れば、拝殿の賽銭箱の前に座る彼の姿があった。

昨日と同じように、紺色の浴衣姿でこちらを見た神様は、ふっと笑みを浮かべてみせる。

いた……本当に、いた。今日もここで会えた。

「今日もいるのかなって、思って」

「当然。神様なんだからいつもここにいるに決まってるだろ」

呆れたように言う彼に、私も『また言ってる』と呆れてしまう。拝殿へと近づき、やっぱり人ひとり分の距離をあけて隣に座った。

「その神様は、いつもなにしてるの？」

もう突っ込むことも面倒くさく、彼の神様ごっこに付き合うことにした。『神様』と呼んだことに反応するわけでもなく、彼は「えーっと」と空を仰ぐ。

「ボーッとしたり、野良猫と遊んだり？」

「あー……やっぱり無職だったんだ」

「無職って言い方やめろ」

「いや、だってそうでしょ」

彼は苦笑いをして、私をちらりと見る。

「お前こそ、女子高生が連日神社通いとは寂しい青春だな」

うっ……。たしかに、華やかな青春ではないけれど。

けれどその言葉以上に引っかかるのは、彼が昨日から口にしている『お前』という呼び方だ。

「その『お前』って呼び方、やめてよ」

「あー、それもそうだな。お前、名前は？」

だから、『お前』はやめてほしい。

偉そうなその呼び方に少し不快感を覚えながら、口を開く。

「……はるこ」

「はるこ、な。よし覚えた」

名前を呼ばれたことに、どこかくすぐったさを感じたけれど、それを隠すように話を続ける。

「神様なら、名前くらい聞かなくてもわかるんじゃないの？」

意地悪く問いかける私に、彼はふんと鼻で笑う。

「お前なぁ、神様だからって全知全能《ぜんちぜんのう》だと思うなよ？　神様だってできないことはあるし、知らないことも嫌いな食べ物もあるんだって」

誇らしげに言ってるけれど、嫌いな食べ物はあったらいけないと思う。しかもまた『お前』って言ったし。

私は黙って呆れた目を向ける。

「あ、でもわかることもあるな」

「え？」

「たとえば、はるこに彼氏どころか友達もいないこととか」

図星を指され、「うっ」と言葉に詰まったけれど、なんとか言い返す。

「……彼氏はともかく、友達がいないのは引っ越してきたばっかりだからだし」

「へぇ？」

言い訳のように言うけれど、そんな見栄《みえ》は信じていないのだろう。ニヤニヤと笑みを浮かべている彼に、拗《す》ねるように顔を背けた。

「もともとどこに住んでたんだ？」

「東京。世田谷区《せたがや》」

「おー、都会っ子。なら尚更、こんな田舎つまらないだろ」

そう思わないわけでもないけれど、自虐《じぎゃく》するように笑って言われると反応に困る。

今朝の藪さんとの会話のとき同様、地元の人の前ではっきり肯定《こうてい》するのもどうかと思い、首を縦にも横にも振らないことにした。

「……つまらないというか。なにもないところだとは、思う」

「なにもない、ねぇ。ひとつくらいはいいところもあると思うんだけどなー」

「ひとつくらいはって、たとえば？」

「えーと、あー、えーっと」

……って、ないんだ。

悩んでもなかなか出ない言葉に、心の中で突っ込む。

なにも、ない。私にはいいところのひとつすらも見つけられない。それはきっと、この町のせいだけじゃない。

友達もいない。家族との時間も居心地が悪い。

そんな自分にとって、なにもない場所というだけ。

その言葉をこらえるようにぎゅっと下唇を噛むと、視線を手元へ落とした。すると、突然背後から頭を掴まれたかと思えば、顔を前に向けられる。

「ひゃっ!?」

不意に切り替わる視界に驚き目を動かすと、神様が私の頭をしっかりと両手で掴んでいた。その大きな手に、抵抗《ていこう》ができない。

「いきなりなに?」

「下向くな。上を向け」

上を向けって……。

戸惑いながら視線を上へ向けると、目の前に広がるのは薄く彩られた茜《あかね》色の空。水色からオレンジ色につながるグラデーションが美しい。昨日見た雨上がりの夕方とはまったく違う顔を見せる空に、天気ひとつでこんなにも色が変わるんだと気づく。

「下向く癖、よくないぞ。背筋伸ばして上向く癖つけろ」

「別に、私が下を向いてようが、神様には関係ないでしょ」

『関係ない』そう突き放すように言うと、彼もうなずく。

「そりゃあ関係ないかもしれないけどさ。でも、だからってどうでもいいってわけじゃないだろ」

「え？」

どうでもいいってわけじゃない……？

その言葉の真意を探るように、顔を掴まれたまま、視線を空から彼へと向けた。

「関係なくても、どうせなら、明るい景色を知ってほしいよ」

そう穏やかな声で言った彼は、オレンジ色の空を背に微笑む。

『関係ないからってどうでもいいわけじゃない』

その言葉は、なぜか私の心にストンと落ちるように響いた。神様はぼうっとしている私の顔にいっそうおかしそうに笑うと、頬からそっと手を離した。

「……そろそろ帰る。暗くなるし」

立ち上がって歩き出すと、彼が思い出したように「あ」と声を出した。

「そういえばあったよ、いいところ。思い出した」

「え？　なに？」

昨日と同じように、彼が頭上を指差す。

「帰り道も、上向いてみな」

上？　なに、それ。

つられるように顔を上げて夕空を見つめていると、また強い風が吹いた。頬に小さな葉が当たり、避けるようにとぎゅっと目をつむる。そしてそっと目を開くと彼はまたも姿を消していた。

風とともに現れて、風とともに姿を消す。

「……不思議な人」

問い返す間も与えることなく、彼は今日も消えてしまった。

……私も、帰らなくちゃ。

頬に触れた彼の手の感触を思い出しながら、再び歩き出す。階段を降りると自転車に乗った。林を出て、いつもの田んぼ道を走るうちに、あっという間に日は落ちていく。

修二さん、帰ってきているのかな。お母さんからはまたあれこれと言われるかもしれない。今日も帰ったら部屋にこもろう。そう思うと、ため息がこぼれそうになる。いいことなんて、やっぱりない。いつでも逃げ出したいことばかりだ。

「……苦しい」

ぽつりとつぶやき、また視線を下へ向けてから、彼の言葉を思い出した。

『下向くな。上向け』

そういえば、『帰り道も、上向いてみな』って言ってた。

上を向いたところで空くらいしか……そう思ったけれど、道の途中でペダルをこぐ足を止めて顔を上げた。

すると、頭上には空一面に無数の星が広がっていた。

「わ……」

それはまさしく、〝満天〟という言葉がよく似合う星空だった。深い漆黒に、それこそ神様がこぼしたような星がいくつも散らばっている。その輝きにしばらく目が奪われた。

「すごい、綺麗」

まるでプラネタリウムのような景色に、思わず声が出る。

これが、神様が言っていた『いいところ』？

たしかに、町の灯りであふれた東京では、こんなにはっきりと星は見えない。灯りの少ないこの町だからこそ、いっそう強く輝きを放つんだ。

どこにだって広がっている空。けれど、こんなにもたくさんの星が輝いていることを初めて知った。嫌な感情も忘れてしまうくらいの輝き。

『関係なくても、どうせなら、明るい景色を知ってほしいよ』

神様の言葉がよぎる。

……そうかもしれない。顔を上げて、明るい景色を見たほうが心持ちは違うのかもしれない。

そう、こんな、ささやかなこと。けれど初めて、ここに来てよかったと思える景色。

小さな光がキラキラと、ちっぽけな私の上で輝いていた。


その翌日。ザァァ……という激しい雨の音で、目が覚めた。

目を閉じればまだ、昨日の星がまぶたの裏でキラキラと輝いているのに、実際の景色は一転、今日は朝から夕方まで大雨だと、ネットの天気予報に書いてあった。制服に着替えながら、雨が窓を叩く音を聞いてため息をつく。

これじゃ自転車は無理だ。億劫《おっくう》だけどバスに乗ろう。混んでいるだろう車内を想像すると、いつも以上に気が乗らない。

昨日はあんなにいい天気だったのに。この分では今日は星も見えないだろう。

鞄に荷物を詰め込み、重たい足取りで一階へと降りると、玄関にはちょうど家を出ようとしていたスーツ姿の修二さんと、保育園の鞄を持った梨花がいた。

「おねえちゃん、おはよー！　あめだねー！」

にここと笑って手を振る梨花は、私とは真逆でご機嫌な笑顔だ。「みて！」とピンク色の新しい長靴を見せてくる。それを履けることが嬉しくて仕方がないのだろう。

それに対して『かわいいね』のひとことも言えない自分に、また嫌悪感を抱いた。

すると梨花の隣で修二さんも「おはよう」と笑う。

「ちょうどよかった。はるこちゃん、この雨だし、学校まで送るよ」

この大雨だったらバスよりも車で送ってもらうほうが当然ラクだ。私を気遣って言ってくれたこともわかる。

けれど、修二さんの行為に素直に甘えることができない。

「だ、大丈夫です。バス、あるし」

「けど……」

「本当に、大丈夫です」

そう跳ね除《のけ》けるように言って傘を掴み、急いで靴を履いて玄関を出た。

外は激しい雨。周りはどんよりとしていて暗いし、少し歩いただけで足元はすでにびしょ濡れだ。

……あぁもう、なんで断っちゃったんだろう。

素直に『うん』って言えれば、それだけで距離は縮まったかもしれないのに。

けれど、梨花の保育園のほうが近いから途中から修二さんとふたりになってしまう。

そんなの、なにを話せばいいのかわからないし、気まずくて耐えられない。

それをわかっていても、修二さんは声をかけてくれたんだろうけれど。

激しい雨音の中、「はぁ」とまた深いため息がでた。


「わっ！　三苫さん大丈夫⁉」

学校に到着した私に、薮さんは驚きの声を上げた。

それもそのはず。家からバス停まで歩く間に、車に水たまりの水をかけられた私は、肩から足まで泥水でびしょ濡れになってしまったのだ。

そのままバスに乗り、案の定満員の車内でもみくちゃにされ、学校に着く頃には私の格好はボロボロとなっていたのだった。

雨なんて、嫌いだ……。

「ジャージに着替えてくる」

「うん、風邪引かないうちに着替えてきなよ。あっ！　タオルあるから使って！　返さなくていいからね！」

薮さんはそう言って私にピンク色のタオルを手渡すと、急かすように背中を押す。

たしかに、このままでは風邪を引いてしまいそうだ。渡されたタオルを抱えて、ロッカーからジャージを取り出し、更衣室《こういしつ》へと向かった。

薮さん、タオルを持ってるなんて準備がいい。次からは私も雨の日はタオルを持ってこよう。

更衣室に入って、借りたタオルで頭をふくと、自分の家とは違う甘い柔軟剤《じゅうなんざい》の香りがした。そして袖を通すのは、この学校の水色のジャージとは全然違う、前の学校の黒いジャージだ。

正直、制服以上に目立つからあまり着たくはないけれど……。ジャージなしでは肌寒いし、仕方ない。そう観念して更衣室を出たら、

「おっ、三苫さーん。それ前の学校の？　かっこいいじゃん」

と、声をかけてきたのは、同じクラスの男子。

嫌味でもなんでもなく、ただ単純に物めずらしそうに私を見て言う彼に、一緒にいた女子もこちらを見て「本当だ」と笑った。

気さくな笑みをこぼす彼らに、『そんなことないよ』と笑って返せば、会話が弾むきっかけになるのかもしれない。

なのに、なにも言えない。簡単なコミュニケーションすらもとれず、私はうつむくと早足でその場をあとにした。

……せっかく話しかけてくれたのに、無視してしまった。嫌なやつって思われたかもしれない。

けれど、どう接していいかがわからない。仲良くなる、関わりを持つ、たったそれ

だけのことなのに、勇気が出ない。

こんな私に、藪さんはどうして優しくしてくれるのだろう。

もしかしたら、藪さんも言わないだけで、私の態度に不満を感じているのかもしれない。ただ、学級委員長という義務感で親切にしてくれているだけかもしれない。

そう思うと、また心が閉じていく。教室に向かいながら、藪さんに借りたタオルをぎゅっと握りしめた。


それから私は一日中ジャージで授業を受けた。

更衣室に干した制服は、帰るときにはそれなりに乾いたけれど、どうせあとは帰るだけだと思ってジャージのまま帰ることにした。

藪さんのタオルは、洗って返そう。返さなくていいと言ってはいたけれど、さすがにそうはいかないし。

外へ出ると、朝あれだけ降っていた雨はすっかりやんでいた。

……今日も、神様はあそこにいるのかな。

どうしてか彼に会いたいと思った私は、帰りのバスを途中で降りて神社に立ち寄ることにした。

こうして歩くと結構距離あるな……。

いつもなら自転車で通る林道も、今日は一歩一歩進む。そして階段を上りきり鳥居の下に着く頃には、息は上がり、額にはじんわりと汗がにじんでいた。

「歩いてからの階段、きつい……」

情けない声を出しながら呼吸を整えていると、「ふっ」と笑う声が聞こえた。声がした方向へ顔を向けると、拝殿には神様の姿が。

罰当《ばち》たりなことに賽銭箱に腰をかけた彼は、ヨロヨロした私を見ておかしそうに笑みを浮かべていた。

「なんで笑うの」

「いや、そろそろ来るかなーと思って見てたら、ジャージ姿で息荒くしたやつが来たから。色気ねーと思って笑えた」

なんて失礼な。悔しい、けれどたしかにそうだ。

上下ジャージ姿で、汗をにじませて、髪もボサボサ。ひどい格好になっているだろう。けれど、笑うなんてひどい。ムッとした顔で彼のもとへ近づくと、賽銭箱のそばに腰を下ろす。

「で？　なんでジャージ？」

「今朝の雨で、車に水かけられて」

「そりゃあかわいそうに」

けらけらと笑うあたり、絶対かわいそうだなんて思ってない。

「けど、その分、いいこともあったんじゃないか？」

「ない。いいことなんて、ひとつもない」

「本当か？　よーく思い出してみろ、今日一日のこと」

ない、と迷わず否定する私に、彼は疑うように言う。

今日一日のこと、なんて言われても特にいいことなんてなかった、と今朝のことから思い出してみると、タオルを渡してくれた藪さんの姿が浮かんだ。

『タオルあるから使って！』

それは、たとえ義務感からだったとしても、彼女の優しさだ。それを感じることができたのは、〝いいこと〟なのかもしれない。

思い出して黙り込んでいると、神様はふっと笑った。

「な？　あっただろ」

「……まぁ」

自信満々に問いかける彼に、素直に『あった』とは言えず、曖昧《あいまい》に答える。けれどその答えで十分だったのだろう、神様は納得したようにうなずく。

「いろんなところに目を向けてみれば、些細《ささい》なことでも幸せはたくさんあるんだよ。たいしたことじゃないって思っても、どんなに小さなことでも、積み重ねれば大きな幸せにつながるんだ」

そう笑って、彼は私に視線を合わせるように目の前にしゃがみ込む。そして、額ににじんでいた私の汗を指先でそっと拭った。

触れられた指先は冷たくて、たしかに感じた彼の感触に、胸が小さな音を立てる。

……不思議。

彼の言葉は、ただの綺麗事にも聞こえる。だけれど、すべてを見透かしているような瞳で、私が触れられたくないと思っているところをぐっと突いてくる。

他の人だったら、拒みたくもなるだろう。なのに神様の落ち着いた低い声と綺麗な黒い瞳は優しくて、なんだか安心感を覚えた。

この感覚が、今日も彼に会いたいと思った理由なのかもしれない。

「明日はどんな幸せが待っているか、そう思うと、楽しみになるだろ。もし見つけられないなんて思うなら、毎日俺がはるこの話を聞いてやる」

……毎日？

その言葉に驚いたけれど、それは、『だから見つけられるように目を向けてみろ』ということなのだろう。

幸せなことがそんなに毎日あるわけない。楽しみにしておいて、なにもなかったらその分落ち込むだけ。

けれどもしかしたら、なにかあるのかもしれない。期待を持つことや、自分から幸せを見つけにいくことは案外悪いことではないのかもしれない。

彼が見せたやわらかな微笑みにそう思えてしまって、つられて小さく笑った。

「お。初めてちゃんと笑ったな」

「そう?」

「そう。いつもはるこは鼻で笑うか、呆れて笑うかって感じだろ」

たしかに……言われてみれば、純粋に笑えたのは、この町に来て今日が初めてだったかもしれない。

少し変わっていて不思議な、けれどなんだかあたたかい神様の前だからこそこぼれた笑み。けれどそれを素直に認めることはできなくて、言葉をのみ込んだ。

「神様の顔がおもしろかったから、つい」

「はるこのアホ面には負けるけどな」

「は!?」

私の言葉をすかさず切り返し、彼は「はは」と笑う。

静かな境内に、ふたりの小さな笑い声が響く。その空気感に、心が穏やかな気持ちになっていくのを感じた。

その時、神様はふと空を見上げて、なにかを察するように遠い目をした。

「はるこ。そろそろ帰ったほうがいいかもな」

「え？　なんで？」

「たぶん、これから雨降るから。濡れる前に帰ったほうがいいだろ」

雨……？

彼と同じように空を見上げてみる。たしかに空は曇《くも》っているけれど、雨が降り出しそうな雰囲気とまではいかない。

「また、神様の力？」

「そう、って言いたいところだけど、残念。雨の匂いがするからだよ」

「雨の匂い？」

そんなのあるの？

雨の匂いなんて気にしたことがなかったから、くんくんと空気を嗅《か》いでみる。けれど私にはまったく感じ取れない。

「なにも匂いなんてしないけど」

「毎日空気を気にしてるとわかるようになるよ」

「へぇ……」

空気なんて、気にしたことがなかった。神様って、思った以上にいろんなことを感じながら暮らしているのかも。

そう思うと、彼がいつもどんなことを感じながら、どんなことを考えながら生きているのか、途端に興味がわいてきた。

「あのさ、神様って――」

頭に浮かんだ疑問をそのまま投げかけようとした、その時。それを遮《さえぎ》るかのように強い風が吹く。ぶわっと落ち葉が舞い、神社を囲う木々が音を立てて揺れる。

思わず目をつむると、今日もまた一瞬のうちに彼の姿は消えていた。

「また、いなくなっちゃった」

話の途中でいなくなるなんて。

もう、と呆れながら、雨が降る前に帰ろうと私も神社を出た。


神社から家までの道のりを、ぬかるみに足を取られながらも歩く。

そして、あと数分で家に着くというところで、彼が言っていた通りパラパラと雨が降り出した。

本当に降ってきた、そう思いながら小走りで自宅へと駆け込む。すると、ドアの音を聞いて、梨花がリビングから姿を見せた。

「おねえちゃん！　おかえりー！」

「ただいま」

楽しそうに駆け寄ってきた梨花は、全身をしっとりと濡らした私を見て「あ！」と声を上げた。そしてバタバタと部屋の奥へかけていったかと思えば、大急ぎで戻ってくる。その手には、白いバスタオルを持って。

「おねえちゃん、はい！　ふかなくちゃ、かぜひいちゃうよ！」

「別に、すぐお風呂入るから……」

「だめー！　まだおふろできてないもん！　はい、ふくの！」

世話焼きなところは修二さんに似ているのか、梨花はそう言って半《なか》ば強引に私にタオルを渡した。受け取ったタオルは、ふわふわとやわらかく、ほのかにあたたかい。

このあたたかさも、本当はきっと、お母さんの優しさなんだろう。素直になるのは、難しいことだけれど。

「……ありがとう」

せめて無邪気な梨花にはと思い、優しさを噛みしめるように小さく笑った。そんな私に、梨花もぱぁっと嬉しそうな笑顔を見せてくれた。

小さな家族と、初めて笑えた。笑い返してくれたことに、嬉しさが込み上げた。

これも彼の言う、些細な幸せのひとつなのかもしれない。

『いろんなところに目を向けてみれば、些細なことでも幸せはたくさんあるんだよ』

幸せなことなんて、そんなにたくさんある？

私には見えない。見つからない。嫌なことしかないと否定してばかりの日々だった。

けれど、私も見つけられるようになるかもしれない。

もしかしたら、とかすかな期待を持つことは決して悪いことじゃない。

そうだ。目を向けてみれば、足元には神様が出してくれたような綺麗な花が咲いている。頭上には満天の星が広がっている。

神様のおかげで、それを知ることができた。


雨が二日ほど続いて、数日ぶりに太陽が空に輝いたのは土曜日のことだった。

晴天の中、町の外れにある大きな市立図書館で、私はひとり本を読んでいた。

お母さんと修二さんは、土日が休みだ。梨花も保育園が休みで、つまり今自宅には家族全員が揃っている。

やはりまだお母さんや修二さんと過ごすのは気まずいし、だからといって二日間丸々自室にこもっているのも息が詰まる。そう思い、ならば本でも借りようと図書館へとやってきているのだった。

純文学の本が並ぶ本棚の前で一冊を手に取り、ページをめくり目を通す。

本を読むのは好きだ。いつでもどこでも時間を潰せるし、物語に集中していれば余計なことも考えなくて済むから。

何冊かまとめて借りていこう。

そう思ってハードカバーの本を四冊ほど手に取り図書館内を歩いていると、座席で本も読まずにノートを広げて話す、同じ年くらいの女の子がふたりいた。

「でさ、この前のその話がすっごくおもしろくて」

「えー、それでそれで？」

勉強をしにきたけれど、きっとおしゃべりに夢中になってしまっているのだろう。ひそひそとした声で、楽しげに話している。

仲の良さそうな彼女たちに、自分と藪さんの姿を重ねてみた。

先日借りたタオルを返したとき、彼女は『わざわざありがとう』と笑って受け取ってくれた。ありがとうは私のセリフなのに、本当に藪さんは人がいい。

普通に話して接することができれば、私も藪さんとあんなふうに仲良くなれるのかな。

そんな想像を一瞬だけしたけれど、どうせいつかは、とすぐ否定をする。

……離れてしまうくらいなら、ひとりのままでいい。

そう自分に言い聞かせるように心の中でつぶやいて、私は彼女たちの横を通り過ぎた。

本を借り終えた私は、いつものように自転車をこいで神社を目指した。

神様と名乗る彼と出会って六日。放課後に神社に寄ることが私の日課《にっか》となっていた。

神様は、私が行くとひょっこり現れる。そしてなんてことない話をしながら笑い合って過ごした。

『毎日俺がはるこの話を聞いてやる』

その言葉通り、彼は私と顔を合わせるたびに『今日はなにかいいことあったか？』とたずねてくる。

そのたび私は、うまく答えられなくて、黙り込んだりはぐらかしたりするばかりだけれど。

「今日は少し早い時間だけどいるかな」

十四時を指している左手首の腕時計を見ながら、階段下に自転車を停めた。

階段を上り鳥居をくぐると、しん、と静かな神社を太陽がぽかぽかとあたたかく照らしている。

今日は彼がいる気配はない。

「おーい……」

一応声をかけてみるけれど、答える声も物音ひとつも聞こえない。

いないのかな。神様なのに神社にいないってこと、あるんだ。まぁいいや、本でも読んで時間を潰そう。

そう思って、いつもの向拝のところに腰を下ろすと、先ほど借りてきた本のうちの一冊をバッグから取り出し読み始めた。

ペラ、ペラとページをめくり読んでいると、そんな私を太陽が照らす。

……ぽかぽかしてあたたかい。本当、今日はいい天気だなぁ。

あたたかい、心地いい、そう思っているうちに、次第にうとうとしてきてしまった。

……まずい、眠くなってきた。

眠気を取り払おうと首を振ってみるけれど、段々まぶたは重くなる。

こんなところで寝ちゃいけないと自分に言い聞かせても、ついに眠気に負けてふっと視界が暗くなった。


夢を見た。

真っ暗な世界に、たくさんの人が行き交っている。

右を見れば、楽しげに話している前の学校の友達。左を見れば、笑い合う藪さんと今の学校の人たち。

前を見れば、仲良く手をつなぐ、お母さんと修二さん、そして梨花の三人。

たくさんの人がいて、いくつもの輪がある。なのに、私はどこにも入ることができなくて、ただ突っ立っているだけ。『私も入れて』と一歩踏み込むこともできない。

もし踏み込んで輪に入れたとしても、いつか離れるときのことを考えるのが怖い。

自分が忘れられること。誰かを、忘れてしまうこと。

怖いけれど、ひとりは寂しくて、孤独で。なにもできないままの自分がもどかしい。

そう思うと、また顔は下を向いてしまう。

けれどそんな中、不意にあたたかな感触を感じた。それは、頭をそっと撫でてくれる誰かの手。

『寂しくないよ』と言ってくれるようなその優しい手は、まるで子供をあやしているみたいで、心がどんどん落ち着いていく。

安心する。子供の頃感じたお父さんのぬくもりを思い出すような、やわらかな感触。

真っ暗な世界に、小さな光をひとつ見つけた。


「ん……」

そっと目を覚ますと、自分の身体が横向きになっていることに気づく。

あれ、私いつのまにか横になって寝て……。

そう考えながらごろんと仰向けに体勢を変える。すると、目の前にはこちらをのぞき込む、神様の顔があった。

「あれ、なんで」

なんで目の前に、神様が……。

まだ少し寝ぼけた頭で考えて、ふと自分の状況を見れば、自分が彼に膝枕をされた状態で寝ていたことに気づいた。

「えっ、わー!!」

なんで膝枕!?

さすがに激しく驚き、ガバッと身体を起こすと、その勢いで神様の顎に頭突きを食らわしてしまい、彼は「いっ～……」と声にならない声を上げた。

「お前なぁ、いきなり起きるのは反則だろ」

「だ、だって、なんでいきなり膝枕……!」

「ここに来てみたら座ったまま寝てたはるこがいたから、そのままじゃ首痛めると思って横にしてやったんだよ」

たしかに、あの体勢のまま寝ていたら痛くなるかもしれないけど……。だからって、膝枕って、しかも男の人に。

神様とはいえ、男の人だ。膝に触れたことや寝顔を見られたこと、さまざまなことに対して恥ずかしさを感じ、頬がかあっと赤くなる。

そんな私の一方で、神様は顎をさすりながら呆れた顔をする。

「ていうか、こんなところで寝るなよ。無用心だな」

「つい、日差しが気持ちよくて……」

言われてみればそうだ。なにがあるか、誰が来るかもわからないところで寝てしまうなんて無用心だったかもしれない。

けれど、と木々の隙間から差し込むぽかぽかとした日差しを見上げると、彼も同じ方を見て納得するようにうなずいた。

「あぁ、まぁわからなくもないけどな」

太陽に照らされ白く光る肌が、たしかに彼を人とは違う存在に見せる。

「で？　今日はなにかいいことあったか？」

〝いいこと〟。その言葉にふんと顔を背ける。

「……そんな頻繁《ひんぱん》に幸せなんてあるわけないじゃん」

そんな私の態度に、彼は「お前なぁ」と呆れたように私の頭をグシャグシャと乱す。

「この前も言っただろ、ちゃんと目を向ければ幸せはたくさんあるんだって」

叱るような口ぶりで言う彼に、「やめてよ」とその手から逃れる。

「それに、そういう気持ちは周りにも伝わっていくんだよ」

「え？」

周りにも伝わっていくって、どういうこと？

乱れた髪を手で直しながら隣の神様を見る。すると神様は、頬杖をついた姿勢で前を見つめて口を開いた。

「昔……もう二十年は前になるか。ある田舎町に、一組の夫婦がいた」

それは、まるで昔話を語るように、けれど普段とは違う真剣な横顔。

「突然なんの話？」とたずねようとしたけれど、そんな神様の顔をみたら聞けなくて、黙って耳を傾ける。

「のちに妻は子を宿したが、妻には生まれつきの病があり出産時に命を落とす危険があった。万が一、自分が死んでしまったときに、産まれたばかりの息子とそれを待っていた夫になにが残せるだろう。そう思った妻は、日記を綴《つづ》ることにした」

「日記……？」

「『今日は天気がよかった』『体調がよかった』『近所の猫がなついてくれた』『お腹の中の子が蹴った』『たくさん笑えた一日だった』……そんな些細な幸せが、たくさん綴ってあった日記だった」

家族のために女性が残したのは、些細な幸せを綴った日記。そしてそれを話す神様自身も、まるで自分のことのように幸せそうに微笑んでいる。

「迫りくる命の終わりを感じながらも、お腹の子のおかげで自分は幸せだった。そう言ってくれている気がして、彼女の死後にその日記を見た息子は涙が止まらなかった」

亡くなってしまったあとも彼女が感じた幸せな気持ちは、残された家族にきちんと伝わったんだ。

「けれど、息子がその日記の存在を知ったときにはすべてが遅かった。もっと向き合えばよかったと後悔をして、今更なにもできない自分を恨んだ」

すべてが遅かったって……どういうこと？

不思議に思ったけれど、遠い目をして言葉を続ける神様に、なんとなく聞くことができなかった。

「幸せを感じられる心は、いつか誰かを幸せにできる。だから、幸せを見つけるためにはまず、前を向くんだ。あのときこうすればなんて後悔しないように」

そう言って、彼は空を見上げた。

そこには、青い空がずっと広がっている。仲良く寄り添い飛んでいく二羽の鳥を、神様が優しく見つめていた。

……自分が感じた幸せが、いつか誰かの幸せに。

どんなに小さなことでも、そこにつながっていくのかな。いつか、自分を思ってくれる人のもとへ。また新たな幸せを運んでくれるのかな。

そう思うと、私の心は心地よい木漏れ日のようなあたたかさにあふれた。

きゅっと胸が締めつけられるような切なさの中に、優しさを含んだ神様の横顔。それに惹かれるように見つめていると、そっと吹いた風が、彼の黒い髪を揺らす。口元に触れそうなその毛先に、つい手を伸ばしていて、私の指が彼の唇にそっと触れた。

その感触にはっとしたように、彼はこちらを向く。真っ黒な瞳に、自分の顔がしっかりと映り込む。吸い込まれそうなその深い色に、一瞬見惚れてしまった。

「なんだよ、そんなに見て」

「神様の目がすごく、綺麗だと思って」

つい正直に言ってしまってから、男性に綺麗なんて失礼かもしれないと気づく。嫌な顔をされてしまうかもしれない。けれど、彼は逆におかしそうに笑ってみせた。

「おだてても なにも出ないけど」

「……おだてじゃないし」

綺麗だと思ったのは本当だと言う私に、彼はいっそう嬉しそうに笑うと私の頭をぐしゃぐしゃと撫でた。

今日のささやかな幸せ。ぽかぽかとした日差し、大きな手、切ないけれどあたたかい神様が教えてくれた話と優しい笑顔。

そんなひとつひとつを積み重ねていけば、いつか大きな幸せになるのかな。それは誰かの幸せにつながるのかな。

風が吹いたら、今日も神様は消えていて、日が落ちる前に私は家へと帰った。

家に着き玄関のドアを開けるといい香りがしていて、リビングから修二さんが顔をのぞかせた。

「あっ、はるこちゃん。おかえり」

笑顔で出迎えられて、一瞬返事に戸惑ってから答える。

「……た、ただいま」

「今日、僕が夕飯つくったんだ。秋乃さんも梨花も揃ってるし……よかったら、みんなで食べない？」

いつも、みんなと囲むことはない食卓。私が避けているのをわかったうえで、修二さんは『みんなで』と誘っているのだろう。

……そんな、一緒に食事なんて。

つい首を横に振ろうとしたところで、彼が笑顔の合間に少し不安げな表情を見せたことに気づいた。それは、断られたらどうしよう、という気持ちなのだと思う。それでも、勇気を出して言ってくれているのだろう。

その気持ちに気づいた瞬間、誰かに背中を優しく押された気がした。

「……うん」

聞こえるか聞こえないかわからないほど小さな声にもかかわらず、修二さんは聞き逃すことなく、一瞬大きく驚く。そしてすぐに嬉しそうに口元を緩めて明るい笑顔をつくった。

「ありがとう、はるこちゃん」

やわらかな笑みでそう言って、修二さんはリビングへと戻っていった。

ありがとう、なんてお礼を言われるようなことはしていない。

けれど、彼は『気持ちを拒まないでくれてありがとう』の意味を込めて、笑ってくれたのだろう。

大人なのに、子供みたいな笑顔を見せたりして。それくらい嬉しいと思ってくれている、その心を感じて私も嬉しくなってしまう。

……あぁ、神様が言っていたことってこういうことなのかな。

ひとりの幸せが、こうして誰かにもつながる。修二さんの幸せそうな笑顔を見て私が幸せになったように、私が感じた幸せも、誰かにつながるといいな。

そんな想いで、初めて家族ときちんと囲んだ食卓。

ぎこちなさはあったけれど、私が人参が嫌いなことを知った梨花に『ちゃんとたべなきゃだめ！』と叱られ、ダイニングには小さな笑い声が響いた。

一歩、前に進めた気がした。

3. 雨上がりの空

些細な幸せが、いつかどこかへつながっていく。

それを感じてから、ひとつひとつ、小さな幸せを見つける日々になった。

今日は風が気持ちよかったとか、蝶々結びが綺麗にできたとか、それは本当に小さなこと。

そんな些細なことでも、話すたび、神様は笑ってくれるから。

幸せを見つけると、彼に伝えたいと思うようになっていった。


「おねえちゃん！　あそぼ！」

それは、ある夜のことだった。夕食を終えて部屋に戻ろうとしたら、梨花に服の裾を引っ張られた。

いつも修二さんとばかり遊んでいる彼女から、こうしてねだられることは初めてで、

「えっ」と思わず大きな声が出た。

「むこうのおへやで、おえかきするの！　いっしょにしよ！　ね！」

「うん……いいけど」

少し強引なワガママに戸惑いながらも、勢いに押されるようにうなずく。そんな光景を見て、食器を片づけていた修二さんは眉をひそめる。

「こら梨花、ワガママ言わない。お絵描きならパパが付き合ってあげるから」

「パパじゃいやなの！」

「えぇ!?　なんで!?」

拒まれてショックを受ける修二さんを置き去りにして、梨花は私の腕を引っ張って、リビングの向かいにある小さな洋室へと向かった。

どうしたんだろう、めずらしい。五歳にしてもう反抗期……？

そんなことを思いながらも、断る理由もないし、たまにはいいかもしれないと梨花に付き合うことにした。

梨花はテーブルに画用紙とクレヨンを広げて、ぐりぐりと絵を描いていく。

「いいの？　パパと遊ばなくて」

「いいの！　りかねぇ、たまにはパパにおやすみしてほしいの」

「え？」

それが、梨花が修二さんを拒んだ理由？

「パパがんばりやさんなの。おしごととして、おうちのこととして、りかともあそんでくれて、ずーっとがんばってるの。だからおやすみさせるの！」

……そう、だ。

東京にいた頃から、修二さんは仕事をする傍《かたわ》ら家事をして、梨花のことも面倒を見て、とても苦労をしていたと思う。

いる。

そしてそれは引っ越してきてからも同じだ。いや、継いだ会社とはいえ慣れない環境に飛び込み、新しい仕事を学んでいる今のほうが大変かもしれない。

それでも修二さんは、家ではいつも笑っている。私に対しても、歩み寄ってくれている。

環境が変わったのは、私だけじゃない。修二さんも、お母さんも、梨花だって。みんな新しい場所で新しいことをがんばっているんだ。

そんな当たり前のことを、梨花の言葉で気づかされた。

梨花の修二さんへの思いやりに、私の心もあたたかくなる。

「そうだね。パパには、たまにはお休みしてもらおう」

込み上げた思いを口にして、梨花の小さな頭をよしよしと撫でた。

すると、梨花は絵を描いていた手をとめて「できた！」と画用紙を私に見せる。

「これ、おねえちゃん！」

「お姉ちゃんって、私？」

「うん！」

それは、子供らしいキラキラした目が特徴的な絵。茶色い髪の毛のその女の子は、口を大きく開けて笑っている。

「おねえちゃんねぇ、いつもはあんまりにこにこしないけど、ときどきにこーってするんだよ」

「そ、そう？」

「うん！　すっごくかわいいからねぇ、もっといっぱいわらったほうがいいよ！」

梨花はそう言って自分の口角をぐいーっと引っ張り、にこにこと笑う。

うまく言葉を伝えることも、家族として溶け込むことも、まだできていない。

けれど、梨花はこんな私をよく見てくれていて、こうして受け入れてくれている。

そんなまっすぐな心が、胸に突き刺さる。

「はい、これあげるね！」

「ありがとう、嬉しい」

梨花がくれた画用紙をそっと手に取る。自然とこぼれた笑みに、梨花も嬉しそうに笑う。

私たちの間には、言葉にできない優しい空気があふれていた。


翌日、私は学校で自分の席につき、始業までの時間を潰していた。

見つめる先、手元のスマートフォンには梨花が描いてくれた絵を撮った写真が表示されている。

嬉しくて、つい写真に撮っちゃった。私、意外と姉バカなのかもしれない。そう思いながらも、つい顔が緩む。

幼いからこその梨花の無邪気さとまっすぐさは、するりと心に入り込んでくる。

「三苦さーん……って、あれ？　それなに？」

すると、背後から声をかけてきた藪さんが不思議そうに私のスマートフォンをのぞき込む。

「あ……妹が、描いてくれて」

「へぇ、妹さんいるんだ！　絵描いてくれるなんて、かわいいねぇ」

藪さんはまじまじと絵を見て、「ふふ」と笑った。

『かわいい』

血のつながらない妹に対して感じる気持ちは、たしかにそれ以外の言葉では言い表せなくて、私も小さく笑みがこぼれる。そんな私を見て、藪さんは少し意外そうな顔をした。

「三苦さんって、妹さんのこと、すっごくかわいがってるんだね」

「え？　そう？」

「笑ったところ、初めて見た」

言われてから「そうかな」と緩んだ頬を押さえると、藪さんは「そうだよ」とおかしそうに笑う。

たしかに、学校でこんな風に笑えたことはなかったかもしれない。

……そんなことを気にかけてくれていたんだ。

神様も、梨花も、藪さんも。私が笑うと、笑ってくれる。その連鎖が嬉しいと、素直に思える。

「ね、三苫さん、今度の日曜一緒に出かけない？」

「え？」

「まだこの辺で遊んだことないでしょ？　町の案内がてら、買い物したりしようよ」

そんな風に誘ってもらえるのは、久しぶりのことだった。一緒に出かけよう、と言ってもらえるなんて嬉しい。けれど、私が相手でいいのかなと、まだ距離を縮めることが怖くて戸惑ってしまう。

「……よ、用事が、なかったら」

「うん！　じゃあ大丈夫だったら教えてね」

ちょうど会話のきりがいいところで予鈴が響く。

それを合図にするように、藪さんやクラスメイトたちはそれぞれ自分の席へと戻っていった。

……一緒に、遊びに出かける。

まるで普通の友達のよう。嬉しくて、楽しみで、ドキドキして……なのに。

「なのに、なんですぐOKしなかったんだよ」

放課後、今日もやってきた神社で、神様は眉間にシワを寄せた怪訝な表情で言う。

今日あったいいことは、『クラスメイトに遊びに誘われたこと』。けれど、返事を保留してしまった、ということまでを話したところで、彼からはこの反応である。

「だって、その……」

「だってじゃない。せっかくの友達つくるチャンスを逃す手があるか！ ウジウジするな！」

隣に座って手厳しく言う神様に、「だって」「でも」とごにょごにょと言葉を濁《にご》す。

すると彼の手は、私の頬をぎゅうっとつねった。

「言いたいことがあるならはっきり言え」

「い、痛い痛い!!」

悲鳴を上げてその手を振り払うと、じんじんと痛む頬を押さえた。

なにもつねらなくたっていいじゃんか！

じろ、とこちらを見る彼に、観念したように口を開く。

「……だって、どうせ仲良くなっても離れれば縁は切れるから。私、高校卒業したらここ出る予定だし、仲良くなるだけ無駄になる」

「けど、誘われて嬉しいって思うなら、本当は仲良くなりたいってことだろ？」

「う……」

核心を突かれて、自分の気持ちを認めざるを得ない。

本当に友達なんていらないと思っているわけじゃない。友達がいれば、楽しいし嬉しい。だからこそ、その縁が途切れてしまうことが怖い。

反論をのみ込む私に、彼はふんと鼻を鳴らす。

「そりゃあ、離れても一生仲良くいられる友達なんてなかなかいない。地元に住んでたって、社会人になる頃まで付き合ってるやつなんて数える程度だ」

「そうなの？」

問い返すと、彼は「そう」とうなずく。

「でもどこでどう出会った相手が、どれくらいの付き合いになって、この先の自分にとってどんな存在になるかなんて今はわからないだろ。だからこそ、出会ったひとりひとりを大切にするんだよ」

「でも……」

そう言いかけたところで、今度は私の鼻をぎゅっとつまむ。驚き「ふがっ」と声が出る。

「『でも』とか『どうせ』とか禁止！　お前はそのすぐ下向く性格どうにかしろ！」

言われてみれば、『でも』も、『どうせ』も、最近の私が口癖のように繰り返している言葉だ。

この先のことはわからない。これまでの友達との縁が短くたって、これから出会う人との縁は、長いものになるかもしれない。

だから今、未来のためにできること。今、近づきたいと思う人との縁を大切にすること。ずっと拒んできたけれど、私にとって必要なことなんだ。

……どうしてだろう。

今日もまたこうして、神様の言葉は心に染み渡って、私の背中を押してくれる。

翌日、私は勇気を出して自分から藪さんへ話しかけて、日曜の件をＯＫした。相変わらずボソボソとした話し方になってしまったけれど、その返事に藪さんは嬉しそうに笑って「日曜日が待ち遠しいね」と言ってくれた。

そして、それからあっという間に三日が過ぎ、迎えた日曜日。

「あっ、三苫さん！　こっちこっち」

電車に三十分ほど乗り、やってきたのはこのあたりでもわりと栄えた町。

駅前にショッピングセンターや映画館などが並び、いつもの田んぼばかりの道とは違う光景に、思わずキョロキョロとしてしまった。

聞いてはいたけれど、住んでいるところと比べるとずいぶん都会に見える。

「この上のフロアが洋服屋さんで、一番上に行くとレストランがあるんだ。あ、三苫さんにおすすめしたいカフェもあって……」

ショッピングセンターに入り、藪さんは説明しながら目の前のエスカレーターに乗った。

「あっ、ていうか今さらだけどさ、三苫さんのことはるこちゃんって呼んでもいい？」

「え……う、うん」

「よかったー！　嫌がられたらどうしようってちょっと不安だったんだ」

『不安』。その言葉を口にしながらも笑っている彼女に、思わずたずねる。

「藪さんも、不安になることがあるの……？」

疑問をそのまま声に出して問いかけると、藪さんは不思議そうにうなずいた。

「え？　うん、そりゃあもちろん。人に話しかけたり、誘ったり提案したり、そういうときはやっぱり不安だし怖いよ」

不安だし、怖い……そういう気持ちが、藪さんにもあるんだ。

「なのに、どうして私に話しかけてくれたの？」

「どうしてって、だって怖がるだけじゃ変わらないもん」

私より一歩早くエスカレーターからおりた藪さんは、短いスカートの裾をひらりとなびかせて振り向いた。

「最初はるこちゃんに声かけるときも、ちょっと怖かったよ。けど、それ以上に仲良くなりたかったから」

藪さんが笑って言ったのは、私の心の弱さに突き刺さるような言葉だった。

拒まれたら、離れたら、そう思うと怖い。

けれど、そのままじゃなにも変わらない。離れることがないかわりに、近づくこともない。

彼女の言葉と笑顔は、前に進もうとする勇気そのものだった。

ちょうど上の階に着き、藪さんに腕を引かれながら建物内を歩いた。一緒に服を見てお互いに似合うものを選んだり、写真を撮って私のぎこちない笑顔に笑ったり、カフェでご飯を食べながらたくさん話をしたりした。

同年代の女の子とこんなに話して、声を上げて笑ったのはどれくらいぶりだろう。

そんな時間が楽しくて、なくしたくないと感じた。私も藪さんのように前に進みたい。変わりたいと思う。

カフェを出て、帰路につく中、私は一歩前を歩く彼女に「あの」と声をかけた。

「……またこうして、一緒に遊びに行ってもいい、かな」

小さな声でたずねると、彼女は笑って首を縦に振る。

「当たり前じゃん！　友達なんだから」

藪さんは、そうまっすぐに答えてくれた。

『友達』。その響きがとても嬉しいと思えた。

今こうして一緒にいても、もしかしたらいつか絆は切れてしまうのかもしれない。一生は続かないものなのかもしれない。

けれど、続くことを信じたい。

たとえ途切れてしまっても、意味のあるものだったと思えたらいい。

未来のために、今、この絆を大切にしたい。心からそう感じて、笑みがこぼれた。

今日のいいこと。些細なことじゃない、大きな幸せ。

この嬉しさを伝えたい。誰よりもなによりも、彼に伝えたいと思った。


想いが胸にあふれて、夕方藪さんと別れてからその足で神社へと向かう。その間、心臓がずっとドキドキしていた。

最寄りのバス停から神社まで一気に駆け抜ける。のんびり歩いてなんていられなかった。

早く、伝えたい。言いたい。あなたのおかげで、ひとつ進めたこと。

「……神様！　いる!?」

階段を上りきり、鳥居をくぐるよりも先に大きな声で彼を呼ぶ。

オレンジ色の空の下、息を切らせて少し待つと、拝殿の奥からそっと彼が現れた。

「なんだよ、うるさいな。一応ここ神聖《しんせい》な場所なんだけど」

「あっ、ごめん！　けど、聞いてほしくて」

寝ていたのだろうか、髪をかきながら少しうるさそうに顔を歪めた彼に、ここが神社だと思い出して私は慌てて口を塞《ふさ》いだ。聞いてほしい、その勢いだけで来て、つい声を張り上げてしまった。

私がなにを言いたいのか予想できているのだろう。神様は呆れた表情を見せながらも言葉の続きを待っている。

息を切らして駆けてくるほど、伝えたかったこと。彼に、一番に。

「友達が、できたの……神様が背中を押してくれたから」

『友達』。

その言葉と存在と向き合うことができたのは、彼の言葉があったから。下を向くなと、言ってくれたから。神様のおかげで、たくさんのことに気づけた。

「だから、ありがとう」

深く一礼をした私に、神様はこちらへ出てきて近づくと、私の頭をぽん、と撫でた。

「別に、俺のおかげじゃないだろ」

「え？」

そう言われて顔を上げると、神様は、やわらかな笑みを浮かべていた。

「友達ができたのも、進めたのも、はるこががんばったからだよ」

「私、が……？」

「俺がなにを言ったって、結局ははるこがどうするか次第だからな。勇気を出したのも、進んだのも、はるこのがんばりだ」

そんなことない。神様が、藪さんが、その言葉で私の背中を押してくれたからがんばれたのだ。それなのに、私自身の力だと言ってくれる。彼はやっぱり優しい。

「……ありがとう、神様」

本当はわかっている。きっと、彼は神様なんかじゃない。今この瞬間も、神様ごっこでしかない。

けれど、勇気をくれる。あたたかな気持ちをくれる。そんな彼は、私にとっての神様なのかもしれない。そんなことを思った自分がおかしくて笑うと、優しい風が頬を撫でた。

さっきまで空をオレンジ色に染めていた夕焼けは少しずつ暗くなっていて、遠くの空には一番星が見えた。

七月になり、梅雨が明けたにもかかわらずここ数日の空は雨模様だ。今日も朝から、窓の外ではザァァ……と特に強い雨が降り続いていた。

「また雨かぁ」

目を覚ましてから身支度を終え、自室の窓からどんよりとした空を見上げた。

今日もまたバスか。先日ずぶ濡れになったことを思い出すと、朝から気分は憂鬱《ゆううつ》だ。

そんな気持ちを励ますように、私はテーブルの上のオルゴールのネジをそっと巻いた。テン、トン……と鳴り出すオルゴールの音色は、今日も私の心を穏やかにしてくれる。

綺麗な音。憂鬱な気持ちも、この音色ひとつで溶かされてしまいそうな気さえする。

「それなにー？」

「わっ！」

突然響いた声に、私は思わず声を上げてこちらを見やれば、そこには梨花がいて、目を丸くしてこちらを見つめていた。

いつの間にいたんだ。全然気づかなかった……。

「おはよう」と言うと、梨花も「おはよ！」と答えながらこちらへ近づいてきた。

「ねぇねぇ、それなにー？」

「これ？　オルゴールだよ。ここのネジを巻くと音楽が鳴るの」

普段オルゴールなど触れる機会がないのだろう。興味津々《しんしん》でこちらを見る梨花に、私は視線を合わせるようにしゃがみ、オルゴールを見せてあげる。

先ほどと同じようにネジを巻いて、蓋《ふた》を開ければ鳴り出す音楽。その音色に、梨花も目を輝かせ「わぁ」と声を上げた。

「すごいねぇ、きれいなおと！」

惚れ惚れとオルゴールを見つめる梨花に、なんだかこちらまで嬉しくなってしまう。

「これね、お姉ちゃんの宝物なんだ」

「たからもの？」

「そう。元気がないときも、この音を聴くと元気になれるんだよ」

微笑むと、梨花はオルゴールを手にしてまじまじと見ると、「へぇー」と声をもらした。

お父さんとの絆のようなオルゴールを、血のつながらない妹に見せるのは、なんだか不思議な気持ちだ。けれど、梨花にもこの音色を聴かせたいと思った。

「梨花ー？　もう家出るよー？」

「はーい！　おねえちゃんもいこ！」

玄関のほうから呼ぶ修二さんの声に、梨花は私の手を引いて歩き出す。連れられるがまま、私は鞄を手にして一階へと降りた。

いつものように玄関へと向かうと、そこには先日の雨の日と同じように車のキーを手にした修二さんの姿があった。

「はるこちゃん、おはよう」

「……おはよう、ございます」

前までは、挨拶もまともにできなかったし、しなかった。けれど、一緒に夕食を食べるようになってから、少しずつ距離は縮まってきている気がする。まだぎこちなさはあるものの、少なくとも挨拶を交わせるほどにはなった。

「あの、はるこちゃん。すごい雨だし送っていくよ」

「えっ、でも……」

でも、悪いんで、いいです。そう断わろうとして、ふと思い出すのは先日の藪さんの言葉。怖いのも不安なのも、自分だけじゃない。

それは、修二さんも同じなんだ。夕食を誘ってくれたときの、修二さんが見せた表情を思い出す。

怖いけれど、拒まれるかもしれないけれど、それでも近づこうとしてくれている。そう思うと、私もまた少し歩み寄れそうな気がした。

「……お願い、します」

うなずいた私に、修二さんは、安堵《あんど》するように笑う。その隣では、なにもわからないはずの梨花がにこにこと笑っていた。

勇気を出そう。家族とも、距離を近づける勇気を。

「あれ、はるこちゃん今日はずぶ濡れじゃない！」

登校すると、下駄箱で行き合った藪さんは制服のままの私を見て驚いた顔をしてみせた。先日の大雨の朝とは違って、今日は一切濡れていないせいだろう。

「うん。今日は家族が送ってくれて」

「そうだったんだ。よかったねー」

藪さんと笑いながら、上履きに履き替えて教室へ向かった。

ふたりで出かけたあの日から、藪さんとも段々と自然に話すことができるようになってきた。

学校に来て、他愛もない話をして、笑えることも増えた。そんな毎日が、楽しいと思えるようにもなっている。

「あ、教室行く前にトイレ寄っていこっと。はるこちゃん、鞄持っててもらってもいい？」

「うん」

藪さんは私に鞄を預けると、トイレへ入ろうとドアに手をかけた。

そのときだった。トイレの中にいる人たちの声が聞こえてきた。

「ていうかさぁ、三苦さんって暗くない？」

『三苦さん』。聞こえてきたその名前に私たちの動きが止まる。

それは、おそらく、というか確実に私のことだろう。この学年で『三苦』という名前は私しかいないと、担任の先生が言っていた。

こっそりとドアの隙間から中をうかがえば、そこで話していたのは同じクラスの女の子だった。愚痴っぽく言う彼女に、一緒にいたもうひとりの女の子は興味なさそうに鏡を見ながら答える。

「あー、クラスでも藪以外と話してるの見たことないし、大人しい人だよね」

「大人しいっていうか、うちらと話す気なんてないんだよ。ほら、東京の人だからこんな田舎の人間と仲良くするつもりありませーんって、見下してるんだって」

彼女は私の態度が気に入らないのだろう。勝手な想像で話を膨らませる。

……違う。

話す気がないとか、見下しているとか、そんなことない。友達になれるのなら、仲良くなりたい。今では心からそう思えるのに。

けれど、そう見られてしまっているんだ。自分のせいだってわかってはいても、その現実に声はぐっと詰まってしまう。

「はるこちゃん」

藪さんの声にふと我に返る。見れば、藪さんは心配そうな顔をして教室とは反対方向を指差した。

「やっぱり向こうのトイレ行こうか」

気を遣ってくれたのだろう。彼女はそう言って私の腕を引くと、その場をあとにした。

お互い無言のままやってきたのは、本校舎から少し離れた位置にあるトイレだった。誰もいない中ふたりきりになると、藪さんは呆れたようにため息をついた。

「やな感じだよね。はるこちゃん、気にしないほうがいいよ」

なにも言わない私に代わって憤《いきどお》りを見せる藪さん。けれど、その言葉が本心だなんて限らない。

本当は、藪さんも彼女たちと似たようなことを思っているのかもしれない。暗い、感じ悪い、見下してる。そんな気持ちを抱きながらも、友達のふりをしているだけなのかもしれない。

心を開かない私のことを、疎《うと》ましく思っているのかもしれない。

『もしかしたら』、そんな気持ちが段々と不安をあおり、この心をかき乱す。

怖い。藪さんの本音を知ることが。知りたくない、聞きたくない。怯《おび》える気持ちが、増長していく。そうすることで自分を守るかのように。

「別にいいよ、どうせ今だけの付き合いなんだし」

「え？」

私の口から出た言葉は自分が傷つかないための、拒絶《きょぜつ》の言葉だった。

「どうせ友達なんて、一時的な馴れ合いに過ぎないんだよ。だからなんて言われようと関係ない。……友達なんていらない」

どうせいつかは離れるものならいらない。どう思われてるとか、嫌われたくないとか、そんなことを気にしなきゃいけないくらいなら、最初からいらない。

そんな私の声が響き、その場が一瞬だけ静まり返った。はっとして顔を上げると、目の前の藪さんは顔を強張らせてこちらを見ていた。

「はるこちゃんは、ずっとそう思ってたの……？」

そう言って藪さんが見せた悲しげな目に、胸に針が刺さったような痛みが走った。

言いすぎた。藪さんのことを、傷つけてしまった。

自分が発した言葉の大きさの意味に気づいて慌てて口を塞ぐけれど、一度吐き出した言葉は戻せない。違うの、と否定したいのに言い訳のように感じて声にならず、手にしていた鞄を藪さんに押しつけると、その場から駆け出した。

「はるこちゃん!!」

背後から名前を呼ぶ、藪さんの声を無視して走る。

怖がっているままじゃ、なにも変わらない。神様と藪さん、ふたりからそう教わったはずなのに、臆病《おくびょう》な私はこうしてまた逃げてしまった。

けど、『友達』だと思っているのは私だけだったとしたら。そんな答えを想像するとなにも言えなくなる。塞ぎ込んでいた、前の自分に戻ってしまう。


それから私は、ひと気のない校舎裏の片隅で隠れるように過ごし、一限目が終わる頃に学校を出た。

朝からやまない雨が降り続いていたこともあり、神様のもとに行く気にもなれず、彼と出会ってから初めて私は神社に寄ることなく自宅へと帰った。家には当然誰もおらず、しんと静まり返っている。制服から私服に着替えることもせずに、そのまま自室のベッドに入り布団をかぶって崩れるように横になった。

勇気を出せた、私は少しは変われた。そう思っていたのに、実際はなにも変われていなかった。

……苦しい。また、呼吸がしづらくなっていく。

それから、どれだけの時間が経っただろう。

「おねえちゃーん？　いるー？　ごはんだよー？」

キィ、とドアが開く音とともに、梨花の声が聞こえる。

ご飯の時間ということは、今は夜の七時頃だろうか。けれど全然動く気にはなれない。

「……いらない」

布団をかぶったまま、ぼそ、とつぶやくように答えると、梨花が部屋に入ってくる足音が聞こえた。

「どうしたの？　おなかいたいの？」

「なんでもないから……ほっといて」

駄目だと思いながら、梨花に対しても、突っぱねるような言い方をしてしまう。

今は放っておいてほしい。話しかけたり、触れないでほしい。そう拒むような気持ちで、布団をぎゅっと握る。

「おねえちゃん……？」

梨花の心配そうな声に答えることなく無視をした。

ベッドの横では梨花が動く気配がするけれど、それでも私は布団から出ないまま。

するとその瞬間、突然ガチャン！という大きな音が響いた。

はっとして布団から身体を起こすと、そこには薄暗い部屋の中、ただ立ちすくむ梨花の姿。そしてその足元には蓋が外れて割れたオルゴールが転がっていた。

その光景に、頭の中が真っ白になる。

「なに、してるの……」

「ごめん、なさ……」

静かに問いかけると、その顔は泣き出しそうに歪む。

やめて、そんな目を向けないで。まるで私が悪いみたいじゃない。これ以上、私を追いつめないで。私の居場所を奪わないで。

「はる？　なにか音したけど、どうしたの？」

そこにやってきたのは、音を聞きつけたお母さんと修二さんだった。ふたりを見て涙腺が一気に緩んだのだろう、梨花の目からはポロポロと涙がこぼれる。

「りかが、おねえちゃんの、こわしちゃって……」

それでも一気に泣き出すことはせず、梨花は顔を真っ赤にして涙を一生懸命こらえながら説明しようとする。自分が悪いという自覚があるのだろう。その姿がいじらしくてまた胸をぎゅっと締めつけた。

「はる、そんなオルゴールくらいで梨花ちゃんのこと責めないの」

けれどそこでお母さんが発した、『そんなオルゴールくらい』という、その言葉が感情を逆なでする。

梨花のことを庇《かば》おうとしての発言だということはわかる。けれど、お父さん自身のことをないがしろにされた気がして心が張り裂けそうだった。

「なんでそんな言い方するの？　お父さんからもらった大切なものなのに……」

それでもなんとか感情を抑えて言うけれど、握った拳に力が入ってしまう。こらえろ、こらえろと言い聞かせるほど、伸びた爪が手のひらに食い込んだ。

私がお父さんからもらったものは、このオルゴールとはることという名前のふたつしか残っていないのに。私が大切にしているものを、なんで、そんな言い方をするの。

もうお母さんにとってお父さんは過去の人だから？　修二さんがいれば、それでいいの？

そんなことを考えるうちに込み上がってきた涙をぐっとこらえ、代わりに、ずっと我慢していたものが言葉になってしまった。

「お母さんには修二さんがいるからいいかもしれないけど、私にとってお父さんはひとりしかいない!!　なのに、なんでお母さんはいつもそうやって……私のことなんて全然……っ」

これ以上、言ってはいけない。きっと今の私からは、お母さんを傷つける言葉しか出てこない。けれど、止まらない。そのまま、言葉を続けようとした――。

「はるこちゃん」

それを遮ったのは、それまで黙っていた修二さんの冷静な声だった。

愛読者カード

お買い上げいただき、ありがとうございました！
今後の編集の参考にさせていただきますので、
下記の設問にお答えいただければ幸いです。よろしくお願いいたします。

本書のタイトル（　　　　　　　　　　　　　　　　　　　　　　　　）

ご購入の理由は？　1. 内容に興味がある　2. タイトルにひかれた　3. カバー(装丁)が好き　4. 帯(表紙に巻いてある言葉)にひかれた　5. 本の巻末広告を見て　6. 小説サイト「野いちご」「Berry's Cafe」を見て　7. 知人からの口コミ　8. 雑誌・紹介記事をみて　9. 本でしか読めない番外編や追加エピソードがある　10. 著者のファンだから　11. あらすじを見て　12. その他

本書を読んだ感想は？　1. とても満足　2. 満足　3. ふつう　4. 不満

本書の作品を小説サイト「野いちご」「Berry's Cafe」で読んだことがありますか？
1.「野いちご」で読んだ　2.「Berry's Cafe」で読んだ　3. 読んだことがない　4.「野いちご」「Berry's Cafe」を知らない

上の質問で、1または2と答えた人に質問です。「野いちご」「Berry's Cafe」で読んだことのある作品を、本でもご購入された理由は？　1. また読み返したいから　2.いつでも読めるように手元においておきたいから　3. カバー(装丁)が良かったから　4. 著者のファンだから　5. その他（　　　　　　　　　　　　　　）

1カ月に何冊くらい小説を本で買いますか？　1. 1〜2冊買う　2. 3冊以上買う　3. 不定期で時々買う　4. 昔はよく買っていたが今はめったに買わない　5. 今回はじめて買った

本を選ぶときに参考にするものは？　1. 友達からの口コミ　2. 書店で見て　3. ホームページ　4. 雑誌　5. テレビ　6. その他（　　　　　　　　　　　　　　）

スマホ、ケータイは持ってますか？
1. スマホを持っている　2. ガラケーを持っている　3. 持っていない

ご意見・ご感想をお聞かせください。

文庫化希望の作品があったら教えて下さい。

生活の中で、興味関心のあること、悩みごとなどあれば、教えてください。

いただいたご意見を本の帯または新聞・雑誌・インターネット等の広告に使用させていただいてもよろしいですか？　1. よい　2. 匿名ならOK　3. 不可

ご協力、ありがとうございました！

お手数ですが
切手をおはり
ください。

郵便はがき

104-0031

東京都中央区京橋1-3-1
八重洲口大栄ビル7階

スターツ出版(株)　書籍編集部
愛読者アンケート係

(フリガナ)
氏　名

住　所　〒

TEL　携帯／PHS

E-Mailアドレス

年齢　性別

職業
1. 学生(小・中・高・大学(院)・専門学校)　2. 会社員・公務員
3. 会社・団体役員　4.パート・アルバイト　5. 自営業
6. 自由業（　　）　7. 主婦　8. 無職
9. その他（　　）

今後、小社から新刊等の各種ご案内やアンケートのお願いをお送りしてもよろしいですか？
1. はい　2. いいえ　3. すでに届いている

※お手数ですが裏面もご記入ください。

お客様の情報を統計調査データとして使用するために利用させていただきます。
また頂いた個人情報に弊社からのお知らせをお送りさせて頂く場合があります。
個人情報保護管理責任者：スターツ出版株式会社 販売部 部長
連絡先：TEL 03-6202-0311

その声にはっとして顔を上げれば、今まで見たことのない真剣な表情をしている彼と目が合った。『それ以上は、言っちゃいけない』とでも言うような彼の面持ちに、言葉をのみ込む。同時に、自分の心を見透かされたことが悔しいような情けないような、複雑な感情がグチャグチャに入り混じる。

「やめてよ……なにも知らないのに、父親面しないで！」

私の言葉に、修二さんは顔を強張らせた。その表情で、自分が修二さんにどれだけひどいことを言っているのかがわかる。でも、もう遅い。

誰もが言葉を失くしたその空気に耐え切れず、私は部屋を飛び出した。そしてそのまま家を出て、雨の中を傘も持たずに走った。

外灯がぽつりぽつりとあるだけの、薄暗い道。制服のまま走るうちに全身はどんどん濡れていく。途中バシャッと水たまりを勢いよく踏んでしまっても、そんなことすら構っていられない。今はただ、こんな自分から逃げ出したい。

嫌い。嫌い、嫌い、嫌い。勝手に再婚なんてしたお母さんも、父親になろうとする修二さんも、オルゴールを壊した梨花も。

勝手なことばかりを言うクラスメイトも、気を遣ってくる藪さんも、みんな嫌い。

でも本当はわかっている。一番嫌いなのは、臆病な自分。変わろうと思っていたのに、結局なにもできなかった私自身だ。

違うんだよ、そんなこと思ってないんだよって伝えたい。そして相手の気持ちも知りたい。なのに、怖くて踏み込めない。

お母さんの再婚を祝ってあげたい。修二さんや梨花と、家族になりたい。けれど、受け入れられない。

……そんな自分が、大嫌いだ。

雨の中を走ってたどり着いたのは、神様のいる神社だった。

逃げ場所として思い浮かんだのはここしかなかった。それは、単純にここが安心できる場所だったのか、それとも神様に会いたかったからなのかわからないけれど。

「はぁ……はぁ」

走り続けて乱れた息を整えて、階段を上り鳥居をくぐる。

雨の夜に見る神社は、どんよりとしていて、なんだか不気味だ。けれど、彼がいると思うと不思議と怖くなかった。

「……神様、いる?」

呼ぶけれど、反応はなにも返ってこない。

……そういえば、前にもいないときあったな。会いたいときに限って、いないなんて。

がっかりして力が抜けてしまい、私はいつもと同じ拝殿の屋根の下に入って腰をおろした。膝を抱える形で、小さくなるように丸くなる。

濡れた身体は徐々に体温を奪われて、寒さにかすかに震え出したそのとき、肩がふわりとあたたかくなったのを感じた。

「こんな時間に、雨宿りか？」

その感触と低い声に顔を上げると、どこから現れたのか、神様が背後に立っていた。私の肩には、白いタオルがかけられている。

「……気配なさすぎでしょ。びっくりした」

「びっくりした、はこっちのセリフだよ。こんな時間に誰かと思った」

「あはは、そうだよね」

彼の言葉に笑ってみせるけれど、乾いた笑い声しか出なかった。きっと表情も引きつっているだろう。

その変な笑い方と私の態度からなにかを察したのか、神様はいつものようにからかってくることはなく、私の隣に腰を下ろした。

初めのうちは、人ひとり分の距離を空けて座っていた私たち。けれど今では、私の肩と彼の腕が触れそうなほど近い距離に座っている。

「タオル、どうしたの？」

「はるこが濡れてきそうな予感がしたから。用意しておいた」

「へぇ、さすが神様」

もういちいち『予感って？』『なんで？』と問いかけるのはやめた。彼は神様。今はただ、その言葉を信じることにした。

肩にかけられたタオルで身体を包むように覆うと、爽やかな石鹸《せっけん》のような香りがする。

しばらくそのまま、私も神様もなにも話さなかった。その間も雨はザアア……と降り続いていて、なんだか彼と初めて会った日に少し似ていると思った。

彼との時間は、どうしてこんなにも心地いいんだろう。ただ、黙って隣にいてくれている。それだけで、グチャグチャに散らかっていた頭の中が整理されていく。

そしてそのまま、少し時間が経ってから、私は深く息を吸って、声を出した。

「……うち、私が三歳の頃にお父さんが亡くなってるんだよね」

つぶやくようなひとことは、雨の音にかき消されてしまいそうだ。実際、彼の耳にきちんと届いているのか不安だったけれど、私は話を続ける。

「それからお母さんがひとりで私を育ててくれて、仕事も家事も私のことも、すごく大変だったと思うの。だから、再婚するって聞いたときも、戸惑ったけど、本当は嬉しかった」

思い出すのは、幼い頃から母子家庭だからといって特別な目で見られないように、なにひとつ不自由なく育ててくれたお母さんの姿。いつも笑って、ときに怒って、一生懸命私を育ててくれた。そんなお母さんが修二さんの隣で幸せそうに笑う姿は、嬉しくて、私も幸せに思えた。

「けど、どうしても受け入れきれないの。彼を〝お父さん〟として受け入れてしまったら、本当のお父さんはどうなっちゃうんだろうって。心の中で、失われちゃう気がして……」

お父さんとの思い出は、もう増えることはない。むしろ年々、かすかだった記憶すら薄らいでいく。だから、修二さんを受け入れてしまったら、本当にお父さんの思い出が上書きされてしまう気がした。

修二さんがいい人だってことはわかってる。私に歩み寄ろうとしてくれていることも、わかってる。でも、それでも、〝お父さん〟として受け入れられない。

せめて私だけでもお父さんを忘れることなく、いつまでもこの胸に残すために。

話が途切れ、再び沈黙がその場に流れる。けれどそれを破るように、神様はひとつ息を吸って声を立てた。

「それ、ちゃんと言ったのか？」

「……え？」

「そう思ってること、母親か新しい父親か、誰かしらに伝える努力をしたか？」

思っていることを、誰かに伝える努力。

……そんなこと、できない。言ってしまったらお母さんの幸せを壊すことになると思ったから。

小さく首を横に振ると、彼は『やっぱり』と言いたげに私を見た。

「思ってるなら、言えよ。『すぐには受け入れられないけど、祝福したい』って。言わないと、誰にもなにも伝わらないままなんだよ。だから逃げるな」

その声はいつもの呆れたようなものではなく、私に言い聞かせるような、まっすぐで力強い声。

思っていることは、言わなきゃ伝わらない。

そんなの、わかってる。わかってるんだよ。でも、どうしてもできないから苦しんでる。

「……だって、怖い」

震える声で本音をこぼした。どうしてだろう、神様にはこうやって言えるのに。

「本音を言って、嫌われたら、拒まれたら……私に居場所なんて本当になくなっちゃう。だから、本音なんて言えない」

勇気を出さなくちゃ、変わらない。進めない。

けれど、一歩踏み込むことで簡単に距離が縮まる関係があると同時に、簡単に切れる絆があることを私は知っている。

『すぐには受け入れられない』と言った私を、お母さんたちが呆れて見放してしまったら。『これからも友達でいたい』と思うのに、藪さんが『友達になるのは意味がない』と思っていたとしたら。

簡単に、絆なんて断ち切れてしまう。だからこそ、家族にも友達にも、本当の気持ちは言えない。恐怖がすぐに心を覆ってしまうんだ。

「神様には、わからない……」

八つ当たりのようにつぶやくと、彼は突然私の顔を両手で掴み、ぐいっと上げさせる。そして少し強引に、顔と顔を突き合わせた。

目の前には、まっすぐ私を見る眼差しがある。黒い前髪の隙間からのぞくその瞳は、視線を逸らすことも許さず、私をここから逃がさない。

「わかるよ。人と人との絆なんて、脆《もろ》いものだ」

強い眼差しに反して、穏やかな声。

「けど、もしも俺がはるこの父親だとしたら、自分のことは考えず新しい家族と幸せになってほしいと思う」

「え……？」

「過去に縛《しば》られず、今はるこを幸せにしてくれる人と家族になることを考えてほしい。自分のことは思い出のひとつにして、あんなこともあったなって、だから今があるんだって、そう思ってくれたら、それだけで嬉しい」

お父さんのことを、今を生きるための思い出にする。それは、忘れるということではない。私が生きていけば、お父さんがいた証になるから。

神様のその言葉は、なぜか彼自身の願いのようにも聞こえた。

「今すぐ受け入れられなくても仕方ない。だけど、いつかくるその日を信じて、本音を伝えるのも大切なことだ。絆は脆いもの、だからこそ、今その絆を大切にするんだ」

彼の優しい声と、あたたかな言葉に、それまでずっと我慢していた涙が堰《せき》を切ったようにあふれ出す。

ずっと、怖かった。誰といても、いつか絆は切れることを知っていたから。友達なんて、今だけ。どうせすぐいなくなる。そう否定して、でも希望は捨てられなくて、ほんの少しの期待を踏みにじられてまた否定して。

ずっと、それを繰り返していた。

だから、お母さんが再婚するって聞いたときも、『お父さんとお母さんの絆も切れたんだ』って思った。

私とお父さんだけは、切れちゃいけない。私だけは、お父さんを覚えていなきゃ。

だから修二さんを受け入れちゃいけない。そう思っていた。

けれど、そうじゃなかった。今を生きている私たちには、これからがある。新しい道を選ぶことは、過去を切り捨てることじゃない。過去があったから、今があるんだと糧《かて》にすること。

「……本音を話して、嫌われないかな」

「大丈夫だ。もしもはるこがひとりになったとしても、俺がここにいてやる。俺が、はるこの居場所になるよ。だから、なにも怖くない」

そう言って、笑ってくれた。その言葉がなによりも心強く、安心感と嬉しさが涙となってまたあふれ出した。

『大丈夫』。たったひとことで、こんなにも胸がいっぱいになる。

こうして話を聞いて、叱って、励ましてくれる人がいる。居場所をつくってくれる人がいる。

だから大丈夫、怖くない。

涙ごと包み込むように、彼はその腕で私の頭をぎゅっと抱き寄せた。とても力強いのにどこか優しい腕が、不安をすべて拭ってくれる気がした。

「ん……」

目を開くと、そこは薄暗く古い建物の中。木の硬い床と壁から、ここが拝殿の中なのだとわかった。

私、寝ちゃったんだ……。

神様に抱きしめられたまま雨の音を聞いているうち、泣き疲れて眠ってしまったようだ。

そういえば神様は、と目をこすりながらふと顔を上げると神様は私の隣で左足だけを伸ばした姿勢で座っていた。

あのまま付き添ってくれていたのだろう。そばにいてくれる彼の優しさがじんと心にしみる。

……神様も、やっぱり寝るんだ。

そう思いながらまじまじとその顔を見た。長い睫毛を伏せた横顔は、スッと通った鼻と形の整った唇が綺麗なラインを描いている。

綺麗な顔、してるなぁ。こうして寝顔を見ていると、やっぱり普通の人にしか見えない。

恐る恐る伸ばした指先で頬にそっと触れてみると、ひんやりとした体温を感じた。

「なんだよ、変態」

「わっ⁉」

てっきり寝ていると思っていた神様が突然口を開いたから、思わず声を上げてしまった。その声を聞いて目を開いた彼が、黒い瞳をこちらへ向ける。

「お、起きてたの⁉」

「変態が触るから目が覚めた」

「変態じゃないし！」

私がどう動くのか、様子をうかがっていたのだろう。意地が悪い。そして私は彼の狙い通り、自らアクションを起こしてしまったわけだ。

予想通りと言いたげに「ふっ」と笑う彼に恥ずかしくなって、拗《す》ねるように顔を背けた。

すると、戸の隙間からかすかに光が差し込んでいることに気づいた。

戸を開けて外を見れば、夜を越え日の出を迎えていたらしい。雨が上がり、うっすらと明るくなっている。

「朝……」

境内にできた、朝陽が輝く水たまりを見てつぶやく。

すると神様も私の背後から同じように外を見て、雨が上がったことを確認すると立ち上がり、拝殿の外へ出た。

「んー……涼しい。いい空気だ」

長い腕を空へ思いきり伸ばして、彼はこちらを振り返った。

「どうする？」

それは、単純に帰るのかここにいるのかではなく、人と向き合っていくのか逃げるのかということ、そしてこれからの自分のあり方を問いかけられている気がした。

どうするか、どうしたいか。その答えは、もう決まってる。

「……帰るよ。それで、ちゃんと話し合う」

怖くたって、逃げたくたって、自分の気持ちをきちんと伝えて、向き合う。

「あぁ」

はっきりとした私の言葉に、彼は笑ってうなずいた。

すっかり乾いた制服で拝殿を出て境内を歩くと、彼もそれに付き添うように鳥居の手前まで出てきた。

「はるこ」

「なに？」

不意に名前を呼んだ彼の方を振り向くと、彼は空を指差している。それにつられるように見上げると、鳥居の向こうに広がる空に大きな虹がかかっていた。

「わ……虹だ」

町全体に広がるようにかかった、これまで見たことがないくらい大きな虹。赤から始まり紫へ向かうグラデーションに、首が痛くなるほど顔を上に向ける。すると、後ろから神様の声が聞こえた。

「虹って、実は七色じゃないって知ってるか？」

「え？　そうなの？」

「そう。光の屈折や気象条件にもよるけれど、国や地域によって二色や三色って言われたりもするらしい」

へぇ、そうだったんだ、と初めて知ることに感心していると、彼が続ける。

「けどさ、ってことは見え方次第で七色以上にも以下にも見えるってこと。どんなことだって、いつだって、世界は自分の見え方次第で変わるんだ」

自分の見え方次第で、世界は変わる。それは、彼の言葉から小さな幸せを見つけられるようになった私のように。

なにもないと思っていた世界。けれど、神様が教えてくれた。顔を上げれば、たくさんの光があるんだってこと。

今の私には、虹は七色にうつる。そして明日には、明後日には、数カ月、数年後の自分には何色に見えるだろう。たくさんの色が、見えたらいい。

そう思うくらい、世界を明るく見られる人になりたい。

鳥居をくぐり、歩き出す。すると風が吹き髪を揺らした。

ゆっくりと振り向けば、やっぱり神様はもういなくて、彼の言葉を胸の中で繰り返しながら歩き出した。

朝方の田んぼ道を歩きながら、少し冷えた空気を吸い込む。昨夜の雨にまだ濡れた木々、空を映す水たまり、薄くなっていく虹。

それらを見ながら歩くうちに頭がすっきりして、心は冷静になっていく。

伝えよう。向き合おう。少しずつ、変わっていくために。

決意が固まった頃、着いた家のドアの前で足を止めた。家を飛び出して一晩。お母さんや修二さんは怒っているだろうか、呆れているだろうか、もしかしたら見放されたかもしれない。

嫌なことばかりを考えてしまうけれど、意を決して息を吸い込むとドアノブに手をかける。

鍵がかかっていると思っていたけれど、ドアはすんなりガチャ、と音を立て開いた。そっと入った家の中は静まり返っていた。朝方だし、当たり前かもしれない。

「……ただいま」

そう思いながらも小さくつぶやくと、ドタドタという足音が近づき、右手にあるリビングのドアが勢いよく開いた。

「はる!?　はるなの!?」

そう大きな声とともに飛び出してきたお母さんに面食らう。

寝ていなかったのだろう、疲れた顔をしながらも、必死な形相《ぎょうそう》をしているお母さんに、なんと答えていいかわからずにいると、今度は玄関のドアが開いた。

「秋乃さん、ごめん、はるこちゃん見つけられなかった……って、はるこちゃん!?」

それは外にいたらしい修二さんで、その服は昨夜のまま。息を切らせ、顔には汗がにじんでいた。

「あの、私、その……」

いざふたりを目の前にすると、なんて言っていいかわからなくなってしまう。頭で考えていた言葉が出てこず、けれど精いっぱい言葉をしぼり出そうとしたところで、修二さんは突然私の両肩を掴んだ。

「どこに行ってたんだ!!」

それは、今まで聞いたことのない、修二さんの怒鳴り声。その大きな声に、ビクッと身を震わせた。

「心配したんだよ！　一晩中探し回って、秋乃さんもずっと起きて待ってた！　梨花もずっと泣いて……僕も、秋乃さんも梨花も、みんなすごく心配だった……っ」

その声は徐々に小さくなり、涙声になっていく。

「はるこちゃんになにかあったらどうしようって、事故や事件に巻き込まれたらって、一晩中不安だったんだよ……」

痛いくらいの力で、肩を握る手。その手が震えていることに気づいて見上げれば、修二さんの目からは涙があふれていた。大人の男の人が泣いているところなんて、初めて見る。

その汗は、私を一晩中探し回ってくれた証。怒りと涙は、私のことを本当に心配してくれた証。

そんな修二さんの姿を見て、彼の想いの大きさを知る。戸惑いと申し訳なさ、そしてかすかな嬉しさ。さまざまな気持ちが入り混じり、「ごめん、なさい」と小さくつぶやくので精いっぱいだった。

その声に修二さんは我に返ったようで、私の肩から手を離すと、よれた服の袖で涙を拭う。そして気持ちを落ち着かせるように、深呼吸をして、再び私と向き合った。

「僕はね、はるこちゃんに父親として認めてもらえなくても、いいと思ってる」

「え……？」

「はるこちゃんには、はるこちゃんのお父さんがいるんだ。僕のことを受け入れたり認めたりできなくても、それは当たり前だと思うから」

修二さんの言葉から伝わってくるのは、自分が思っていた以上に私の気持ちを考え、汲《く》み取ろうとしてくれていたということ。

『受け入れられなくても当たり前』なんて言っても、きっと本当は寂しいだろう。でも、私のことを心から考えてくれているからこそ、そう言ってくれるのだろう。

「けど、家族として君を守りたいって気持ちはある。できる限りのことをしてあげたいし、一緒に笑えたらって思う」

「なんで……そこまで？」

　思わず、問いかけてしまった。

　なんで、そんなに私のことを考えてくれるの？　お母さんの連れ子でしかない私のことを。血のつながりもないし、梨花みたいなかわいげもない。なのに、どうして。

「理由なんてない。しいて言うなら、秋乃さんが一生懸命育てて、はるこちゃんのお父さんが大切に見守ってきた、ふたりにとって宝物である君を支えたいから、かな」

　そう言って、涙で濡れたまつ毛をふせて笑う修二さんは、とても愛しい表情を見せる人だと思った。

　拒んでいたばかりだった私を、支えたいと言ってくれる。その想いの深さに、たくさんの気持ちが込み上げて、抑えきれず涙がこぼれた。涙は次から次へとポロポロこぼれてしまって、私は両手で顔を覆う。

「えっ！　あっ、えっと……」

それまであんなに堂々としていたのに、私が泣き出したら途端に慌てるところも、修二さんの人柄のよさを表していると思った。

まっすぐな人。それなら私も、まっすぐに応えなくちゃ。

「……私、お父さんのこと忘れたくなかったの。だから、修二さんを受け入れられなかった。修二さんが私のことを本当に考えてくれてるんだってことはわかってる。梨花のこともかわいいし……なにより、今まで苦労してきたお母さんが幸せになれるなら、私も嬉しい」

とめどなくあふれてくる涙に溺れそうになりながらも、気持ちをひとつひとつ懸命に伝えていく。

「すぐに受け入れることは難しいけど、それでもいつか、家族になれたらって私も思ってる」

まっすぐ見つめる私に、今度は修二さんの目からポロポロと涙がこぼれた。

「……って、なんで修二さんが泣くの」

「いや……だって、はるこちゃんもそう思ってくれてたなんて、知らなかったから……」

涙が出るほど嬉しいと思ってくれたのだろうか。涙はなかなか止まらないようで、私以上に泣き出す修二さんが、なんだかおかしくて笑えてしまう。

怖がって逃げてばかりいた私は、こんな風にふたりして本音を言って、泣いて笑うなんて、想像もしていなかった。

だけど、今、こんな幸せな形を迎えられているのは、きっと彼と過ごした時間があったから。神様のくれた言葉が、あったから。だから、今こうして、正面から向き合えている。

すると、それまで黙っていたお母さんが私に一枚の紙を差し出した。

「これは……？」

「オルゴールを直そうとしたら、小物入れのところから出てきたの」

そこって確か接着《せっちゃく》されていて開かなかった部分だ。てっきり小物入れ風に見せているだけなのだとばかり思っていたけれど、落とした衝撃で開いたのだろう。

「きっとお父さんがくっつけて隠しておいたのね。少し恥ずかしがり屋なところがあったから」

お母さんは、懐かしむように小さく静かに笑う。受け取った小さなメモ用紙には、整った文字で短い言葉が書かれていた。

【愛しいはるこへ。いつでもいつまでも、君の幸せを祈っているよ】

それは、私への愛があふれた手紙だった。

「これ、もしかして……」

「うん。お父さんの字だよ」

お父さんが私に残してくれた想い。それはまるで寄り添うように、ずっと私のそばにあったんだ。

その想いを抱きしめるように手紙を両手で強く握ると、いっそう涙があふれ出した。

そんな私の頬を、お母さんの両手が優しく包んだ。そして伸ばした指でそっと涙を拭う。

「ごめんね、はるの宝物を『それくらい』なんて言って。お母さん、はるのこと、なにも考えてあげられなかったね」

「お母さん……」

「いつもひとりぼっちにして、お母さんの都合で振り回してばっかりで……本当に、ごめんなさい」

私が寂しい気持ちを抱えていたこと、お母さんは気づいていたんだ。

それを、お母さん自身も苦しく思うこともあっただろう。その目は涙をこらえるように悲しげに細められている。私はそんなお母さんの言葉に首を横に振った。

「たしかに寂しかった。だけど、お母さんにはすごく感謝してる」

これまで口に出したことのなかった『寂しい』という気持ち。けれど、今は、それ以上に届いてほしい気持ちがある。

「私のために仕事も家事もがんばって、いつも笑ってくれるお母さんがいたから、だから寂しさも乗り越えられたんだよ。だからこそ余計に、修二さんとのことを素直に喜べない自分が嫌だったの……」

寂しさを隠して強がったのは、お母さんの苦労も知っていたから。私のことを一番に考えてくれていたお母さんが、大好きだったから。

「お母さん、ごめんなさい……それと、いつもありがとう」

だから今は、素直に伝えたい。寂しいより、ごめんなさいより、ありがとうの気持ちを。

涙で顔をグシャグシャにして言った私に、お母さんの目からは堰を切ったように涙が流れ出す。

そしてお母さんは、細い腕で私を強く抱きしめてくれた。子供の頃は、なによりも頼もしかった腕。けれど、今こうして抱きしめられて、その腕の太さが自分と同じくらいでしかなかったのだと知る。

……こんな細い腕で、ずっと私を支えてくれていたんだ。

お母さんのやわらかな香りは昔と変わらなくて、懐かしい香りがした。

「パパ……？」

すると、梨花がリビングから姿を見せた。

眠っていたのだろうけれど、騒ぎで目が覚めてしまったらしい。眠そうにこするその目は泣き腫らしたのか、真っ赤になっている。

「梨花……」

名前を呼ぶと梨花は私に気づいて、はっと表情を変えた。

「おねえちゃん！　おかえりなさい！」

そして、私の足元にぎゅっと飛びつくように抱きついた。

「りかね、おねえちゃんかえってくるのまってたの！　でもね、ねむくなっちゃってね……」

「うん、いいよ。ごめんね、遅くなって」

その小さな頭をそっと撫でると、梨花は抱きつく手に精いっぱいの力を込める。小さな肩は震えていて、梨花もまた泣いているのだとわかる。

「おねえちゃんのたからもの、こわしちゃってごめんなさい……。おねえちゃん、げんきなかったからね、げんきになってほしかったの。わらってほしかったの……」

泣きながら梨花が言ったその言葉で思い出すのは、昨日の朝の何気ない会話。

『元気がないときも、この音を聴くと元気になれるんだよ』

梨花はそれを覚えていて、元気のない私のためにオルゴールを聴かせようとしてくれていたんだ。その行動がすべて私のためだったと気づいて、また涙が出てしまう。

「ごめんなさい、おねえちゃんなかないで、りかのことをきらいにならないで……」

不安を抱えるのは、梨花も同じ。その幼い胸の中で、さまざまなことを考えてくれていたのだと思うと、嬉しさと切なさでいっぱいになる。

それを伝えるように、私は梨花をぎゅっと抱きしめた。

「もう怒ってないよ。大丈夫、ごめんね。ありがとう。梨花のこと嫌いになんてならないよ。大切な、妹だもん」

「でも、おるごーる……」

「大丈夫、オルゴールは直せるから。それに梨花のおかげで大切なことに気づけたんだ。だから、ありがとう」

『大丈夫』

胸の中の不安を取り除くように何度も何度も繰り返す。その言葉とともに笑った私に、梨花も涙で濡れた小さな目を細めて笑った。

空にかかった虹は、もう、消えてしまったかもしれない。

だけど、大丈夫。

綺麗な虹が空にあったことを知っているこの心は、いつだってまたすぐに新しい虹を見つけることができるから。

そのあと、私がお風呂に入っているうちに修二さんと梨花は眠っており、唯一起きていたお母さんがご飯を用意してくれていて、それを食べながら話をした。

思えば、もうずいぶんとふたりで話し合うことをしていなかったなと気づく。

そこでお母さんが教えてくれたのは、お母さんもお父さんのことをずっと忘れずにいて、自分はこの先もひとりでいようとしていたということ。

結婚相手はお父さんひとりでいい。誰かの手をとってお父さんのことを忘れてしまうのが怖い、そう思っていたのだという。

けれど、修二さんと出会ってふたりで過ごすうちに心は揺れ、ひどく葛藤《かっとう》した。プロポーズをされたときも、一度断ってしまったという話には驚いた。

「けど、修二くんがさ、忘れてしまうのが怖いなら、僕にも思い出を分けてほしい。そして、時々一緒に振り返ろう。僕は、秋乃さんもその思い出も、家族も、すべて守ってみせる……そう言ってくれたんだ」

そう懐かしむように言うお母さんの眼差しは優しかった。

お父さんが消えないように、思い出も一緒に大切にする。その言葉は、同じ不安を抱えていた私にとっても大きな光に感じられる。

「お母さんね、たぶん、はるが思うほど苦労してないよ」

「え？　だって、ずっと働きづめだったし……大変だったでしょ？」

「そりゃあ仕事は大変だったけど。でもね、家に帰ってはるが笑顔で出迎えてくれるだけで、全部吹き飛んじゃったんだ。だから、つらくなんてなかったよ」

そう言って、お母さんは笑った。

「はるが受け入れられていないうちに再婚や引っ越しをどんどん進めちゃってごめんね。でも、お母さん思ったんだ。修二くんなら大丈夫って。修二くんなら、私のことよりも、はるのことをちゃんと大事にしてくれるって、そう思えたの」

少し勝手に思えた行動も、実は私のことを思ってのことだったの？

私のことを大事にしてくれる、新しいお父さん。彼のことをきちんと知れば、きっと心は近づける。そう思ってのことだったのかもしれない。修二さんも、梨花も、そしてお母さんも、みんなみんな、私のことを思ってくれていた。そんなことに気づけずに心を閉ざしていた自分が、恥ずかしい。

目を向けてみれば、些細なことでも幸せはたくさんある。

いつの日か、神様が言っていた言葉を思い出した。

……本当だね。

目をいろんなところに向けて顔を上げれば、こんなにたくさんの愛情で包まれていることに気づけた。

「おはよう！」

それから仮眠をとる暇もなく学校に行くと、藪さんが下駄箱で私を出迎えてくれた。眉が上がったその顔と、勢いのある声から少し怒っているようだ。

「お、おはよう」

「なんで昨日いなくなっちゃったの⁉　話したいことあったのに！」

「ごめん……気まずくて」

「謝っても許さないんだから！　こっち来て！」

通り過ぎる人たちが何事かと私たちを見ていく中で、藪さんは私の腕を掴むと、ひと気のない校舎裏へ私を連れていった。静かな校舎裏のぬかるんだ地面を踏むとかすかな風が吹いて、色の違う私たちのスカートの裾を揺らす。

家族と向き合えた、じゃあ次は友達とも向き合う番だ。そう自分の心を奮い立たせて、私は藪さんを見つめて口を開いた。

「……昨日は、ごめんなさい。ひどいこと、言って」

本音じゃないんだよ、本当は、そう言葉を続けようとした私に、藪さんはさっきまでつり上げていた眉を下げて笑った。

「ごめんね。許さない、なんて嘘」

それはいつも通りの藪さんらしい明るい笑顔だった。その表情にきょとんとする私を見て、彼女は「あはは」と笑った。

「私、実は中学の頃にここに引っ越してきたんだ」

「え？　そうだったの？」

「そう。そのときなかなか友達ができなくてすごく心細かったから、そんな自分とはるこちゃんが重なったっていうか」

藪さんにも、そんな経験が……。誰とでもうまく馴染めそうな彼女の、初めて知る一面に驚いた。

「私も『友達なんていなくても』って思ったこともあった。けど、友達ができたときはやっぱり嬉しかったから。私、寂しくて強がってただけなんだなって気づいたの」

照れくさそうに笑って、藪さんは私をじっと見つめた。

「はるこちゃんの昨日の気持ちは、本音？」

私の、本当の気持ちは――。その問いかけに、私は首を横に振った。

「……私、小学生の頃から転校ばっかりしてて。今でも仲良い友達とか、全然いないの」

「え？　そうなの？」

「うん。だから、この町で友達つくっても無駄になっちゃうんじゃないかなって、そう思って……いつか離れて、縁が切れちゃうのが、怖かったの」

臆病だっただけ。藪さんのことが、みんなのことが嫌いだったわけじゃないよ。

私の本当の気持ちを、知ってほしいから。伝えよう。

「だけど、本当は、仲良くなりたかった」

嫌われたくない。勘違いされたくない。このままの自分では、あまりにも寂しい。

「藪さんと、みんなと、友達になりたい」

精いっぱい勇気を振り絞って伝えた言葉に、藪さんは嬉しそうに頬を染めて笑う。

「うん。私も、はるこちゃんと仲良くなりたい」

彼女は、この想いにまっすぐに答えてくれた。

「たしかに、離れてしまうこともあるかもしれない。でも、そんなのわかんないじゃん。ここで出会って一生仲良くいられるかもしれないのに、無駄なんて言ったらもったいないよ」

それは、神様の言葉とよく似ていた。

これからのことはわからない。だから今の、この絆を大切にするんだ。いつか思い出になったときも、心の糧となるように。

「離れちゃったとしても、私は今、はるこちゃんと出会えてよかったって思ってる。今、はるこちゃんと友達になりたいんだ。それじゃ駄目かな?」

気持ちいいほどはっきりと言い切って笑う。そんな藪さんに、また涙が出てしまいそうだった。けれど、今は涙よりふさわしい表情があると思うから、涙はぐっとのみ込んだ。

「……私も、藪さんのこと詩月ちゃんって呼んでもいいかな」

「もちろん！」

すぐにうなずいてくれた彼女に、私は心からの笑みを見せた。

神様の言葉通り、私はずっと逃げていた。もうこれ以上傷つきたくなくて、失いたくなくて、最初から向き合わないことにしていた。

けれど、彼が教えてくれた。

『言わないと、誰にもなにも伝わらないままなんだよ。だから逃げるな』

その言葉を信じて、勇気を出して向き合えば、知らなかった自分と出会えた。

些細な幸せに気づけたり、家族の前で涙をこぼしたり、友達に本音を伝えたり……。

それは今までの自分とは違う、新しい自分。

顔を上げてみると世界がこんなにも明るかったことを、私は知ることができた。


「神様、いるー？」

その日の放課後。今日は帰りが少し早く、まだ青い空が広がる時間に神社へとやってきた私は、鳥居から拝殿のほうへ向かって彼を呼ぶ。

本当は、少し眠たくて、疲れていて、けれど、それでも帰る前にここに寄って伝えたかった言葉がある。

すると、建物の影からのそっと神様が姿を現した。

「おう、はるこ」

ふあとあくびをする様子から、彼も少し眠いらしい。昨夜、なんだかんだで付き合わせてしまったせいかもしれない。あくびがうつりそうになり、ぐっと噛み殺して彼のもとへ近づく。

「今日は早いな。サボりか?」

「違うよ。学校早く終わったの」

からかうように言う彼に、「もう」と少し膨れると、彼は小さく笑った。その笑顔は、また私の胸をあたたかくしてくれる。

いつものように腰かける神様。けれど、今日の私は隣に座ることはなく、目の前に立ったまま。息をひとつ吸い込むと、深く頭を下げた。

「いろいろと、ありがとうございました」

そのひとことにすべての意味を込めて、深く礼をした。

それを察するように、神様は私の頭をぽんと撫でる。顔を上げると、目の前に座る彼は穏やかな笑みを浮かべている。

「その様子だと、ちゃんと話せたみたいだな」

「うん。すっごく怒られたけど、心配してくれてた。神様のおかげで、向き合えた」

いろんな人の気持ちを知って、いろんな人に気持ちを伝えた。

それはとても勇気がいることで。けれど、こんなにも清々しい気持ちにさせてくれるものだったんだ。

「私、自分のことしか見えてなかったのかも。自分だけが大変で、かわいそうで……だけど考えてみれば、みんなそれぞれ不安や悩みがあるんだよね」

私だけじゃない、それぞれ不安を抱えている。それでも相手の気持ちに寄り添っている。みんながみんな、誰かを思っている。

「そう知ることができたのは、大きな幸せだと思う」

自ら口にした、『幸せ』という言葉に、自然と口元が緩む。それを見て、彼もふっと笑った。

穏やかな瞬間を過ごすふたりを包み込むように、境内の木々が静かに風に揺れた。

すると、彼はそっとこちらへと手を伸ばす。

色白の長い指先は、まるで大事なものに触れるかのようにそっと私の頬を撫でた。

細められるその目に、ドキ、と心臓が音を立てる。

「な、なに……」

「いや、いい表情してると思って」

いい表情って？　そう問うように彼を見ると、真っ黒な瞳に私を映して微笑んだ。

「はるこが笑ってくれて、嬉しいよ」

神様が、私の笑顔を見て笑ってくれる。低い声が囁《ささや》くひとことに胸が音を立てると同時に、ぼっと顔が熱くなる。

「きょっ今日暑いね、汗かいてきちゃった」

赤くなっているだろう頬をごまかすように顔を手であおぐと、彼は手を離して空を見た。

「明日からようやく夏日になるらしい。東京よりは涼しいだろうけど、それなりに暑くなるぞ」

「そっか、やっと夏かぁ。梅雨明けてもなんだかんだ雨が続いてたもんね」

続いて空を見上げれば、よく晴れた青い空には鳥が羽ばたいている。神様が手を伸ばすと、その鳥がそっと彼の指先に止まった。その光景は、彼を本物の神様のように映した。

「雨が降ってもいつか上がるときがくる。雨上がりには虹が出る日もある。雨に濡れたときは、いつでも雨宿りに来ればいい。雨が上がるまで、そばにいるから」

きっとこれからも、急に降り出す雨は心を濡らしてしまうだろう。涙で前が見えなくて、歩き出せないこともあると思う。

けれど、そんなときにはここに来よう。雨が上がるそのときまで、彼と他愛のない話をして過ごそう。

いつか雨雲が流れて、見上げた空に虹が見えるときには一緒に笑えるように。

4. いつか

あの日、床に落ちたオルゴールは部品が欠けてしまい、蓋が直ることはなかった。けれど、ネジを巻けば変わらず美しい音色が鳴る。それだけで、十分に思えた。

蓋が閉まらなくたって、欠けてしまったって、今でも大切な宝物だ。


ようやく私の制服もみんなと同じ、紺色のスカートに赤いリボンのセーラー服になった。それを着て半月が経ったところで夏休みに突入し、今は夏休みの二週目。胸につかえていたことが嘘のように落ち着いて、すっかり晴れた心を表すかのように、空には太陽が輝いていた。

そんなある日、夏休みの宿題をやるために、私は詩月ちゃんの家にやってきていた。クーラーの効いた涼しい部屋で、テーブルに広げたふたり分のノートとテキスト。けれど、こうしてふたり集まれば、手より口が動いてしまってろくに進みやしない。

「はー、快適快適。部活も楽しいけど、やっぱりクーラーの効いた部屋で涼むのが一番だね」

水泳部である詩月ちゃんは、今が一番部活で楽しい季節なのだという。日に日に黒さを増していくその肌が、水泳に夢中の証だ。

半袖にショートパンツという夏らしい格好で涼みながら、詩月ちゃんはカーディガンを羽織った私を見る。

「ねぇ、涼しい顔してるけど、はるこちゃんは暑くないわけ？」

「うーん、暑いといえば暑いけど、新潟って涼しいかも」

「えー！　私これより暑いところなんて生きられないー！」

嘆くように言う彼女がちょっとおかしくて、私は「あはは」と笑った。

あの日から詩月ちゃんとの距離はいっそう縮まって、今ではこうして家に遊びに行ったりするまでになった。そんな私を見て話しかけてくれるクラスメイトも増えて、友達と呼べる人たちが少しずつできてきている。

「あ、そうだ。この前家族でバーベキューするって言ってたよね？　あれどうだった？」

「うん。バーベキューして花火やって、楽しかったよ」

詩月ちゃんとの会話で思い出すのは、この前の日曜日のこと。お母さんも修二さんも休みだったその日は、四人で近くのキャンプ場へ行ってバーベキューをした。

梨花と河原ではしゃぐ修二さんはまるで子供のようで、それを見てお母さんと笑い合った。

家を飛び出したあの日から、私は少しずつ修二さんと話せるようになってきた。多少のぎこちなさも梨花のおかげで空気が和らぐときもあり、今では朝と夜はみんなで食卓を囲むのが当たり前になった。

夏休みに入ってからもそれは変わらず、むしろ家族と過ごす時間が増えたような気がする。梨花の保育園が休みの日はふたりで遊んだり、お母さんと買い物に行ったり、修二さんの実家で親戚の人たちと会ったり……。

あんなに居心地が悪かった家も学校も、今では気を張らないで過ごせているから、なんだか不思議だ。

そんな毎日を過ごす中でも欠かさないのは、あの神社へ行くこと。

ある日は朝から、ある日は午後に、ある日は夕方に。なにをするわけでもなく、神様となんてことない話をして笑い合う、それだけの短い時間。けれど、今はただ、彼とふたりで過ごせる時間が嬉しい。

神様と名乗る彼と続ける、神様ごっこ。

何者なのかと聞かれればそれはやっぱりわからないけれど、それでも彼は本物の神様なんかじゃない。いつか、この時間にも終わりはやってくる。どこかでそうわかっていても、彼とふたりで過ごす時間が愛しくて、ただただこの瞬間を楽しんでいた。

「あっ、そうだ！」

そんなことをぼんやりと考えていたけれど、突然の詩月ちゃんの声にはっと我に返った。

「どうかした？」

「はるこちゃん、来週の日曜日って空いてる？」

「え？　うん、用事はないけど」

「じゃあ一緒にお祭り行こうよ！　その日、このあたりで一番大きい夏祭りがあってさ、花火もあがるんだよ」

そういえば、学校の廊下にそんなポスターが貼ってあったかもしれない、とぼんやりと思い出す。

「せっかくだし浴衣着ようよ。あ、浴衣なかったら私の貸すよ」

「着たいけど、着付けが……」

「うちのママに頼むから大丈夫！」

子供のように「ねっ」とはしゃいで言う詩月ちゃんに、私もうなずいた。

お祭りかぁ。浴衣を着て夏祭りに行くなんて、何年ぶりだろう。家に浴衣なんてあったかな、あったとしても着られるかな。下駄やバッグはあるかな、髪型はどうしよう……。

そんなことを考えて、ふと思う。そういえば、神様はどうしていつも浴衣姿なんだろう。

普通神様って……どんな格好をしているのかはわからないけど、あんな浴衣姿ではないと思う。

神様に一回聞いてみようかな。

瞬く間にいろんなことが思い浮かんで、浮かれている自分に気づいた。

……楽しみ、だな。

込み上げてくる気持ちにわくわくして、詩月ちゃんとふたりで笑った。


「夏祭り？」

その日の夕方、今日もやってきた神社でお祭りのことを話すと、神様は思い出したように「もうそんな季節か」とうなずいた。

「この辺で一番大きいお祭りだって言ってたよ」

「あぁ、花火もあがるし、屋台も通り沿いにズラーッと並んですごいぞ」

そんなにすごいんだ……いっそう楽しみになってきたかも。

「ねぇ、神様は夏祭り行かないの？」

なんの気なしにたずねると、その首は横に振られる。

「行かない、っつーか、行けない」

「なんで？」

「神様がここを離れられるわけないだろ。……つーかぶっちゃけ面倒くさい」

ちょっと。最後に本音がダダ漏れなんだけど。

人混みやにぎやかな熱気が苦手なのだろうか。それがお祭りの醍醐味《だいごみ》だと思うんだけれど。

「でも神様っていつも浴衣着てるよね。なんで？」

昼間詩月ちゃんの家で浮かんだ疑問を投げかけると、神様は頬杖をついて「さぁ？」とごまかす。

「さぁってなに。教えてよ」

「内緒。教えませーん」

お祭りも一緒に行けない。些細な疑問にも答えてくれない。つまらないの、と不満そうに口を尖らせた私に、彼はぽんぽんと頭を軽く撫でる。

「楽しむのはいいけど、知らないやつにはついていくなよ」

「子供じゃないんだから、わかってるし」

「あと、車には気をつけろよ。本当に」

立て続けに子供扱いをする神様に、「だから、わかってるってば」と言いかけて彼を見る。瞬間、神様が悲しそうな表情をしているのが見えた。

その瞳は、なにか、とてもつらいことを思い出しているかのよう。

思えば私は神様のことをなにも知らない。彼が今なにを考えているのか。なにを思って悲しみに揺れているのか。

私の心に寄り添ってくれる彼のことを、私はなにもわからない。それがなんだか切なくもどかしくて、もっと知りたいと心が求めるのを身体で表すように、私は彼の頬にそっと触れた。

指先で輪郭をなぞるようにその肌に触れると、ひんやりとした体温が伝わってきた。突然の私の行動に、彼は驚いたようにこちらを見る。

「……なん、だよ」

「わかんない、けど……触れたくなった」

どうして、と聞かれると答えに困る。けれど、触れたいと思ってしまった。

「神様が、悲しそうな顔するから」

その悲しみの理由に、触れたい。

すると彼は頬に触れていた私の手をそっと握る。ふたりの手が重なって、神様の長い指先がすっぽりと私の手を覆ってしまう。

「……バーカ」

はぐらかすように笑う彼のひんやりとした体温が愛しい。その指をぎゅっと握って、離したくない、と強く思った。

それから一週間が経ち、迎えたお祭り当日。よく晴れたその日は朝から町全体がそわそわと忙《せわ》しない。

まだ明るい夕方。詩月ちゃんの家のリビングで、詩月ちゃんのお母さんは、ふうと額の汗を拭う。

「はい、できた！」

そこには、着付けを終え、ばっちりと浴衣に身を包んだ私の姿があった。

白地に水色の蝶が描かれた生地に、薄紫の帯を合わせた浴衣。それに合わせるように、ひとつに結んで毛先を巻いた髪には、かんざしが輝いている。

そんな私の姿を見て、すでに深緑色の浴衣を着ていた詩月ちゃんは「わぁ」と目を輝かせた。

「はるこちゃん、すっごくかわいい！　似合ってる！」

「そ、そうかな」

「そうだよ！　大人っぽい！」

思いきり褒められて、嬉しさと恥ずかしさからなんて答えていいかわからなくなってしまう。頬が赤くなっているのを感じて、それを隠すようにうつむいた。

お祭りに行くと決まってから家で浴衣を探してみたけれど、やはり家にはサイズの合わない古い浴衣しか残っていなかった。ところが、その話を聞きつけた修二さんが『それなら僕が！』と張り切って浴衣を買ってきてくれたのだった。

私自身特に希望の浴衣もなかったから、色も柄もすべて修二さんのセンスによるものだ。私にはちょっと大人っぽいかもと思ったけれど……詩月ちゃんの反応を見ると、大丈夫みたいで安心した。

「うんうん、本当かわいいわね。うちのじゃじゃ馬娘とはえらい違い」

「ちょっと、ママ！　ひどい！」

詩月ちゃんとよく似た目元を細めて笑う彼女のお母さんは、会ってまだ数回だけれど親しげに接してくれて、せっかくだからと髪までセットしてくれたのだ。

そんな詩月ちゃんのお母さんに、私はくるくると巻かれた毛先を揺らして小さく礼をする。

「着付けありがとうございました。それに髪までセットしていただいて……」

「いいのいいの！　うちの子髪短いから、長い髪いじれるの楽しかったし」

そう気を遣わせないように明るく返してくれるところも、詩月ちゃんそっくりだ。彼女がまっすぐな性格なのも、お母さんを見れば納得できる。

「さ、いってらっしゃい。あんまり帰り遅くならないようにね」

「はーい、いってきます」

「はるこちゃんも、楽しんでおいでね」

急かされるように背中を押され、私と詩月ちゃんはそれぞれ巾着《きんちゃく》を手に取り玄関へと向かう。そして少し固い下駄に足を通すと、「いってきます」と詩月ちゃんの家をあとにした。

カラン、コロン、と下駄を鳴らし、お祭りの中心である駅前を目指して歩く。

私達と同じようにお祭りへ向かうのだろう、同じ方向へ進む人たちが徐々に増え、駅前に着く頃には道はたくさんの人でごった返していた。

「わ……すごい人」

「でしょ。隣の町や市からもたくさん来るからね。一年で一番人が集まる日かも」

そう話しながら見回せば、道には端から端までずらりと屋台が並んでいる。

駅を囲むように、お神輿《みこし》を担ぐ威勢《いせい》のいい声とお囃子《はやし》の音色が聞こえ、いつもは静かな町が活気づいているのを感じる。

「屋台いっぱいだね、なに食べようかなー！」

たこ焼きや焼きそば、大判焼き、さまざまな屋台から漂ういい香りに、詩月ちゃんはキョロキョロしながら楽しそうにしている。

「あれ？　薮じゃん。久しぶり」

するとそのとき、詩月ちゃんを呼ぶ声がして、私たちは足を止めて振り返る。そこにいたのは、大学生くらいの男性三人だった。

「あっ、先輩！　お疲れさまです」

詩月ちゃんの先輩？　部活が同じだったのかな。

笑顔で手を振る詩月ちゃんに、男性たちは酎ハイの缶を片手に「おー」と手を振る。

「って隣に連れてる美人誰だよ。この辺の子？」

「いえ、少し前に引っ越してきた子で。あ、ナンパは禁止でーす」

私を見てすぐスマホを取り出そうとした男性たちを、詩月ちゃんがすかさず制止すると、彼らは不満そうにスマホをしまう。

「つれないなー。あ、そうだ。さっき的屋で花火もらったからやるよ」

そして代わりにポケットからなにかを取り出す。

「はい、美人ちゃんにはこれね」

差し出されたのは、よくある花火のセットに入っているような線香花火の束だった。

「あ……ありがとうございます」

「今度また高校に顔出すからさ。そのときは番号教えてよ」

私がそれを受け取ると同時にひとことを付け足す彼に、詩月ちゃんは「先輩！」と睨みをきかせた。

「はいはい、怒るなって。藪にも、はい。ねずみ花火」

「ってなんでですかー！　もう！」

詩月ちゃん、先輩たちの間では結構イジられキャラなんだ……。

「こんなのいらない！」と拗ねる詩月ちゃんに、男性たちはけらけらと笑う。

「あ、このあと俺たち神社に肝試し行くんだけど、藪もどう？」

「行きませんよ。なんでわざわざ怖いところに行かなきゃいけないんですか」

詩月ちゃんは意外とそういうのに乗らないタイプらしく、ばっさりと断る。

神社に肝試し……。

たしかに、怖いかも。神様のいる神社の、暗いときの不気味さを思い出して苦笑いがこぼれる。

そんな私たちの反応に男性たちはまた笑うと、その場を去っていった。詩月ちゃんは彼らの後ろ姿を呆れた顔で見送った。

「もう……うるさくてごめんね。あの人たち水泳部のOBで、たまに練習見てくれるんだ」

「へぇ、大学生？」

「うん。隣の市に大学があるんだけど、そこの薬学部なんだよね。確か二十歳だったかな」

詩月ちゃんの話にうなずきながら、歩いていった彼らの後ろ姿を見る。

神様も同じくらいの歳だろうか。そう思うといつもはなんとなく大人びて見える神様も、私とそう変わらないんだと実感する。彼らの中に神様が混じって歩いているのが想像できて、なんだか不思議な気持ちだ。

なんて、どうしてか彼の顔ばかりが浮かんできてしまう。

それから私たちは、お祭りを存分に楽しんだ。

たこ焼きと焼きそばをそれぞれ買って、ふたりで分けて食べた。それから金魚すくいや射的で競ったけれど、ふたり揃って下手だったから笑い合った。

そうやって過ごすうちに頭上にドン、と大きな花火があがる。

「わぁ……綺麗」

「うん！　すっごく綺麗！」

詩月ちゃんと見上げた空には、赤や緑の花火が咲く。鼓膜を震わせるほどの大きな音と、顔を照らす花火の光に、その場にいる全員の視線が空へ向けられた。

空に咲く、大きな花。

この花を、神様もあの場所から見ているのかな。どんな顔で、見ているんだろう。ひとり、静かなあの場所で。

この前の彼の悲しそうな表情を思い出すと、胸がきゅっと締めつけられる。

……なんで、だろ。

気がつくといつも、彼のことばかり考えてしまっている。

花火が終わり、少しずつ人が散り出した頃。私たちもそろそろ帰ろうと駅前をあとにした。

「ごめんね、着替え詩月ちゃんの家に置きっぱなしにさせてもらっちゃって」

「ううん、いいよ。せっかくだし、家族にも浴衣姿見せてあげなきゃ」

詩月ちゃんはそう笑って、「じゃあ私こっちだから」と手を振り家の方向へ向かっていった。

私も、遅くなる前に帰ろう。

家族にも見せてあげなきゃ……か。たしかに、せっかく見繕《みつくろ》ってくれたんだから、修二さんにも浴衣姿を見せるべきだよね。

そう考えたとき、家に帰る前にもうひとりこの姿を見てほしい人がいると思った。

私は家より少し手前のバス停で降りて、いつものように神社へと向かう。

慣れない下駄は歩きづらく、次第に鼻緒が指にこすれ、親指と人差し指の間は赤く擦り傷ができてしまっていた。

「いった……」

じんじんと痛み出す足を引きずるようにしながら歩き、階段を上って鳥居をくぐる。

するとそこには、ひとり向拝のあたりに腰かける彼の姿があった。カラン、という下駄の音で気づいたのだろう。こちらを向いた神様と目が合った。

「今日は、来ないと思ってた」

「うん、来ない予定だったんだけど」

彼の姿を見た途端、不思議と足の痛みも吹き飛んでしまった。

「祭りに行ってたんじゃないのか？」

「おみやげ、持ってきた」

「おみやげ？」

そう言って、先ほど詩月ちゃんの先輩からもらった線香花火を差し出した。五本ほど入ったその花火を見ると、神様は少し驚いて、受け取りながら小さく笑う。

「花火、すごかったよ。綺麗だった」

「あぁ、小さくだけど、ここからも見えたよ」

うなずきながら彼は鳥居の上を指すように見上げる。私は、そこに小さくあがる花火を想像する。

……やっぱり、見ていた。彼も同じ空を、見上げていたんだ。

座っている彼の横に、並んで座る。

「ねぇ、神様は毎日ここにいて飽きないの？」

「別に？」

「家は？　友達は？　ていうか何歳？」

続けて問いかける私に、彼はまたも「さぁな」とはぐらかす。

「少しくらい教えてくれてもいいじゃん」

「神様のプライバシーに関わる話は、そんな簡単に漏らせませーん」

もう。いつも聞きたいことははぐらかされる。

ふて腐れるようにして、もうひとつ、聞きたかったことを聞いてみることにした。

「じゃあ、どうしてあの日私に声をかけてくれたの？」

ずっと、不思議に思っていた。

初めて会った雨の日。声をかけ、隣に座ってくれていたのは、どうしてだろうって。

その問いかけに、彼は少し考えて口を開く。

「……はるこが、寂しそうに見えたから」

「え……？」

私が、寂しそうに……？

「こんな神社でもたまに人が来るんだけどな、ここに来る人は願いを叶えたくて必死だったり、叶って嬉しそうだったり、叶わなくて悔しそうだったり、皆なにかしらの願い事を持ってる。そんな中ではるこだけは、ただ寂しそうにしか見えなかった。だから声をかけた」

思い出すのは、下を向くことしかしていなかったあの日の自分。

「そしたらはるこは、気づいてこっちを見てくれただろ。だから……その顔が笑ってくれたら、嬉しいって思えたんだ」

嬉しい、彼がそう笑みを浮かべて言ってくれることが嬉しくて、胸はときめきを感じる。

「……そんなの、普通声かけられたら気づくでしょ」

けれど、それを素直に表すことはできなくて、そっけない態度をとってしまう。そんな私に彼は「そうなんだけどさ」と笑った。

笑ってほしい、なんて。私も同じことを考えている。神様が笑うと、嬉しい。その笑顔につられて笑ってしまう、そんな自分が嫌いじゃないんだ。そうやって、また神様への想いを実感する。

「神様って、家族はいるの？」

ひとつでもいい。彼のことをもっと知りたい。そう思ってたずねると、彼は少し考えるような素振りを見せてから渇いた笑みをこぼした。

「いるような、いないような」

ぼそ、とつぶやかれたその答えはいつもの彼とは違う重い口調だ。

「いるって思いたい自分もいるし、いっそなかったことにしてほしいと思う自分もいるんだ」

「それって……？」

神様が言ったことを理解できず、意味を問い返そうとした。

けれど、それとともに彼が見せた悲しげな笑顔に、それ以上なにも言えなくなって言葉を飲み込んだ。もう聞かないでほしい、とでも言うかのような表情に、向き合えず視線を地面に向けた。

神様のことを、もっと知りたい。そう思うのに、近づけない。

彼は、私の心に触れ、支えてくれた。けれど、私はその悲しみには触れられない。

彼との間に感じる距離に、切ない気持ちが胸に押し寄せる。

ふたりの間にほんの一瞬流れた無言の時間。それを破るように突然ずいっと目の前に差し出されたのは、先ほど私が渡した線香花火だった。

なに、というように顔を上げると、くしゃりと笑って彼が口を開く。

「せっかくだし、花火やろう」

ごまかすようなその笑顔を見ていると、また胸が痛む。そんな笑顔を見せられたら、やだ、なんて言えない。彼と思い出をつくりたいって、そうしてまたひとつ気持ちが膨らんでしまう。

「……うん」

さすがに拝殿の目の前でやるのは憚《はばか》られて、私たちは境内の端、砂利の上で向かい合ってしゃがみ込んだ。

「あっ、でも火がない」

「ある。ほら、ライター」

神様ってライター持ってるんだ。ますます本来の神様のイメージが変わる。

言いながら彼は浴衣のふところから赤いライターを一本取り出すと、ライターで花火の先に火を灯した。

先端にぶら下がる火の玉を囲んでパチ、パチ……と燃える花火。

けれどそれよりも目を奪われる、揺らめく火花に照らされる神様の顔は、とても綺麗だ。見慣れた浴衣姿も、特別なものに見えた。すると、彼が私をじっと見る。

「それにしても、いい浴衣だな」

「本当？　修二さん……新しいお父さんが、買ってくれたんだ」

これまでは言えなかった『新しいお父さん』という呼び方。それは私が修二さんのことをお父さんとして受け入れ始めた証だろう。

「へぇ、その人センスいいんだな。はるこによく似合ってる」

『似合ってる』、いたって自然と出るその褒め言葉に胸がドキ、と音を立てた。

……そういうこと、普通の顔で言えるところがずるい。

でも、ずるいと思いながらも嬉しくて頬が緩みそうになる。それをこらえていると、ついまたかわいくない態度をとってしまう。

「お、お世辞《せじ》言ったってなにも出ないんだから」

「お世辞じゃなくて本当に似合ってるよ。色やデザインもそうだけど、その柄の意味もはるこに合ってる」

柄の意味……？

「浴衣の柄に意味？　そんなのあるの？」

「あぁ。たとえば金魚には『豊かさ』、トンボには『前進』。花にはそれぞれの花言葉の意味が当てはまる」

……そうだったんだ。

浴衣の柄に意味があるなんて全然知らなかった。

すると、彼は私の浴衣の裾を指差す。

「蝶はさなぎから羽化《ふか》することから『変化』、『新しい出会い』を意味するんだ。今のはるこにぴったりだろ」

変化、新しい出会い……。

修二さんが、そこまで考えて選んだのかはわからない。けれど、意図してだったらもちろん、偶然でも運命的でなんだか嬉しい。

この心は、どんどん変化していく。いろんな人との、新しい出会いとともに。この町で、私は変わっていく。

「……うん」

こぼれた笑みに、火花に照らされたその顔もそっと微笑む。

そんなふたりの手元では、かろうじてぶら下がる火の玉が、小さくパチパチと火花を散らしていた。

ほんの数カ月前まで、こんな穏やかな気持ちで過ごせる日が来るなんて思ってもみなかった。でも今は、前とは違って呼吸がしやすい毎日。それはきっと、彼と出会えたから。神様と出会ってたくさんの言葉をもらって、前を向けたから。

だからこそ迎えられている今この瞬間に、神様に気持ちを伝えたいと思う。

本音を伝えることは、勇気がいる。

笑われたらどうしようとか、どんな反応されるだろうとか、いろんなことを、考えてしまう。

けれど、今、彼に伝えたい。

「……ねぇ、神様。私正直言うとね、最初この町が嫌いだった。田舎だし、なにもないし、慣れない家族と暮らすことが苦痛で、学校に行くのも嫌だった。早く出ていきたいって思ってた」

自分が一番かわいそうだと思っていた私は、ここから逃げ出すことばかりを考えていた。向き合うことも、伝える努力もせずに。

けれど、それじゃ駄目だって教えてくれたのは神様だった。

「だけど、顔を上げたら星が綺麗で、大きな虹がかかっているのも見えて、たくさんの幸せが私にはあって……今は、この町に来てよかったって思ってる。この気持ちは、神様がくれたものだよ」

あなたがいたから、今ここで笑える自分がいる。

だから、ありがとう、そう言おうとした瞬間。彼の手が私の手を掴み、その衝撃でお互いの手元の線香花火がぽたりと地面に落ちた。

どうしたの？　そう問いかける間もなく、彼の大きな手は私の腕をぐいっと引っ張り、しゃがんだ体勢のまま私を抱きしめる。

力強い腕と、広い胸元。あたたかい体温。突然のことに戸惑うことしかできず、火の消えた花火を持ったまま固まってしまう。

「な、なに……」

「嬉しいと、思って」

嬉しい……？

「はるこが笑ってくれるから。その笑顔のために、俺はここにいたのかもしれないって、そう思ったら嬉しくなった」

私のため。それが彼がここにいる理由だとしたら……。

「そんな大げさな」と思ったけれど、それ以上深くは考えなかった。

だってそれ以上に、嬉しくて、ドキドキして、胸は愛しい気持ちであふれている。耳もとで聞こえる、ドキ、ドキ、と彼の鼓動が脈打つ音。私を抱きしめてくれる腕と、包んでくれる胸の中に、強く感じる。

この愛しさは、きっと、恋と呼ぶもの。

そのときだった。背後から聞こえたガサガサという物音に振り向くと、そこにはいくつかの人影があった。よく見ると先ほどお祭りで会った詩月ちゃんの先輩たちで、彼らはまるで幽霊でも見るような目で私を見ていた。

「あれ……さっきの、藪の友達の」

そういえば、神社に肝試しに行くって言っていたっけ。肝試しに来た先で花火をしてるとは思わなかったよね、びっくりさせちゃったかな。

「すみません、驚かせちゃって」

「え……いや、ていうか、今誰かと話してたよね？」

誰かと話してた、って……もちろん神様と話していたに決まっている。でもその反応じゃまるで神様が見えていないみたいだ。そんなわけない。ここには、目の前には彼がいる。そう思うのに、どうしてか聞くのが怖い。

けれど、おずおずと問いかける。

「彼のこと、見えないんですか……？」

そうたずねた瞬間、彼らは表情を引きつらせ「うわああ！」と悲鳴を上げて身体の方向を変えた。

「やばいってあの子！　彼って誰だよ！」

「行こうぜ！」

そしてそう声を上げながら、階段を駆け下り逃げていった。

……もしかして神様は、私以外には見えてないの？　なんで、それじゃあまるで本当に幽霊みたいじゃない。

頭が混乱する。つまり彼は、神様じゃない。姿形は存在していなくて……じゃあ、私が今まで見てきた彼は？　夢？　幻覚？

信じられない、信じたくないという目を向けると、神様が「ふっ」と笑みを漏らす。

けれどさっきまでと違うのは、光を失ったような、ひどく冷たい瞳をしていること。

「あーあ、ここまでか」

「え……？」

「そうだよ。俺は誰にも見えない。もう死んでるから。浮遊霊《ふゆうれい》ってやつ？　ただの神様ごっこだよ」

『神様ごっこ』。そんなことは、わかっていた。わかっていたはずなのに、どうしてこんなにも悲しく響くの。

「なんの、ために？」

「理由なんてない。ただ、暇だったから。かわいそうな高校生の相手してやろうと思っただけだよ。けど、神様じゃないってバレたらつまらないし、もう終わりだな」

その言葉に反応するように、境内の木々がざわざわと揺れ出す。

風が吹く前兆《ぜんちょう》。

――やめて、吹かないで！

強い風がまた吹いたら、彼はいつものように消えてしまう。跡形もなく、最初から存在しなかったかのように、消えてしまうんだ。今彼が消えたら、このままもう二度と会えない気がした。

そんなの、やだよ。神様、本物の神様。お願いだから、彼を消さないで。ここにいてほしいの。まだずっと彼と一緒にいたいの。

――だから、風なんか、吹かないで。

心の中で何度も何度も繰り返す。けれど無情にも吹いた強い風が、ザァッと髪を揺らした。

「待って……行かないで！」

頬に葉がかするほど、強い風。いつもなら閉じてしまう目を、決して閉じることなく、私は彼を引き止めようとその腕に手を伸ばす。けれど、いつものように触れられることはなく、その身体をすり抜けた。

「……じゃあな」

透けて消えていく瞬間そう呟いた神様は、泣き出しそう顔をしていた。その表情に、胸が詰まる。

腕を掴むことができず、そのまま私は前に転倒し、地面に膝をついた。

「やだ、ねぇ、待って……」

顔を上げると、すでにそこには誰もいない。

消えて、しまった。引き止めることも、できずに。

「行かないでよ……っ」

声を張り上げると同時に、涙があふれ出す。

行かないで。幽霊でもいいからそばにいてよ。私の居場所になってくれるって言ったじゃない。暇潰しでもいい、神様なんかじゃなくてもいい。ただ、隣であなたが笑ってくれればそれだけでいいのに。

なにもできずに地面に膝をついたまま泣き崩れた。せっかくの浴衣が汚れても、メイクがぐちゃぐちゃになっても気にする余裕はなかった。

今はただ、抱きしめてくれた彼の腕の優しさと、掴めなかった腕の悲しさが入り混じって、涙が止まらなかった。

地面には、火の消えた二本の線香花火が落とされたままだ。

あの日彼に感じた想いは、友情や信頼とは少し違うもの。

笑顔が愛しい、もっと触れたい、近づきたい。

〝恋〟。その呼び方が、一番しっくりくる気がした。

その想いが強くなればなるほど、彼が消えた事実が心に重くのしかかる。

彼は本当に、ただの幽霊だったのかな。いつか終わりのくる神様ごっこだってわかっていた。けれど——。

『かわいそうな高校生の相手してやろうと思っただけ』なんて、本気で言ったの？信じて頼る私のことを本当は笑っていたの？ ただの、遊びの一部だったの？

正体がバレたらすぐ終わってしまうくらい、私たちの時間は軽薄《けいはく》なものだったのだろうか。そう思うと、愕然とし、身体から力が抜けていく。

彼に会って確かめたくて、私はそれからも、これまでと変わらず神社へと通った。

けれど、彼は現れない。境内を探しても、拝殿をのぞいても、誰もおらず古びた社《やしろ》があるだけだった。

『神様』、その呼び名を失ってしまってから、彼をなんと呼んでいいのかもわからなくて、名前すらも呼べなかった。

……もう、会えないのかな。

夢だった、そう片づけてしまったほうが早いのかもしれない。

いっそすべてなかったことにして諦めてしまえれば。そう思った直後に、やっぱりそんなことできるわけないと、心がずっと揺れていた。


落ち込んでいても、今日も太陽は容赦なく照りつける。

「あっ！　はるこちゃん！」

花火大会から半月程が経った八月下旬のある日の朝。リビングに突然響いた修二さんの声に私ははっと我に返る。

手元を見れば、テーブルに置かれたお皿の上には醤油でびちゃびちゃになった目玉焼き。

「わっ！　すごい醤油！　なんで!?」

「なんでって、はるがかけたんでしょ」

ぼんやりしていたのだろう。まったく気づかなかった。目玉焼きを醤油で台無しにした私に、お母さんは呆れた声を出した。

「はるこちゃん、最近なにかあった？」

「え？」

「ボーッとしてることが多いから」

私に元気がないことなど、修二さんにはお見通しだったのだろう。けれど、神様の話なんかできるわけもなく、言葉をのみ込む。

「ごめんなさい、大丈夫」

「ならいいけど、なにかあったらちゃんと言うのよ」

「そうそう。僕も秋乃さんも、いつでもはるこちゃんの味方だから」

そう言いながら、修二さんはまだ手をつけていない目玉焼きが乗った自分のお皿と、醤油まみれの私のお皿を交換してくれた。

ふたりは、私の『大丈夫』を信じているわけではないのだと思う。けれど問い詰めることなく私の言葉を待つふたりは、私自身を信じてくれているように思えた。

……聞いて、みようかな。

以前だったらこんな相談もできなかった。けど、今は誰よりも信頼できるふたりだから。事実をありのままには話せなくても。

そう決めると、私は食事の手を止めて口を開く。

「もしも、もしもね。信頼していた人が、姿を偽っていて、自分のことも暇潰しとしてしか見てないって知ったらどうする？」

それだけ言うと修二さんは、少し考えてからなにかに気づき、顔を青くさせる。

「はるこちゃん、まさか変な男に騙されて……!?」

「えっ!?　ない！　ないない！」

変な男と言えばそうかもしれないけれど修二さんが考えているものとは違う、と強く否定すると、彼は大きく胸を撫で下ろす。

「そうだなぁ……。信頼していた分ショックだし、悲しいよね。ムカつくとか悔しいとか、いろんなことを思うかも。今までの時間はなんだったんだって、むなしくなったり」

「……うん」

修二さんの言葉は、私の胸の中の悲しい気持ちを言い当てた。

「だけど、だからといってその人を嫌いにはなれないかな」

「え？」

「その人がくれた言葉や想いは、自分にとっては嘘にならないし、消えないから。それだけを信じて、思い出のひとつにするよ」

たとえ、彼にとって私との時間がただの『神様ごっこ』で『暇潰し』だとしても。

『俺がはるこの居場所になるよ』

その言葉で変われた自分も、勇気づけられた心も、たしかにある。

大切な、思い出のひとつ。心から嬉しいって感じたし、ありがとうって伝えたいと思った。

いつだって向き合ってくれて、言葉をくれて、私の背中を押してくれた。そんな彼のことを信じたい。傷ついても、信じることはやめたくない。

「……そうだよね。ありがとう、修二さん」

笑って、修二さんへ伝えた。

すると、それまで黙って話を聞いていたお母さんが口を開く。

「そうよ。それに『暇潰し』だなんて言葉が本音とは限らないじゃない」

「どういうこと？」

「本当の自分を知られたくなくて、深追いしてほしくなくて、ただ強がっただけなのかもしれないよ」

あの言葉は、これ以上近づかないでほしいという、彼なりの防御だった？

そう思うと、近づけない距離感が悲しいけれど、それ以上に過ごしたふたりの時間に嘘はなかったんだと、希望が湧いてくる。

「とにかく、相手の言葉に惑わされず、自分が信じたいものを信じなさい」

静かに優しく言葉をくれる修二さんとは真逆に、お母さんは力強く言ってくれる。

その言葉に勇気が出て、私は大きくうなずいた。

明日も、神社へ行ってみよう。明後日《あさって》だって、明々後日《しあさって》だって、何度も何度も通えばいつか彼に会えるかもしれない。それだけを信じて。

もう、あれこれ考えるのはやめた。気持ちはひとつ。

ただ、会いたい。会って、『ありがとう』って伝えたい。それだけだ。

そう気持ちを固めていると、修二さんが醤油まみれの目玉焼きを食べながら思い出したように言う。

「そういえば、浴衣がクリーニングから戻ってきたからしまっておくね」

「うん、ありがとう。せっかく買ってくれたのに、すぐ汚しちゃってごめんなさい」

あのお祭りの日、神社で泣き崩れた私は、涙が落ち着いてから帰宅した。けれど浴衣は汚れ、髪も顔もグチャグチャな姿で、そんな私を見たお母さんと修二さんは大騒ぎだった。

土手で転んだ、とその場はなんとかごまかしたけれど、お母さんからは『せっかく新しい浴衣なのに』と叱られてしまった。

「いいよ。クリーニング出したらすっかり綺麗になって戻ってきたしね」

「ちょっと修二くん。またそうやってはるのこと甘やかして……」

相変わらず穏やかな笑顔で許してくれる修二さんの横で、お母さんはまた眉間にシワを寄せた。

「まぁまぁ、無事帰ってきてくれただけでよかったじゃない。去年のお祭りの日は事故があって大変だったらしいから」

「そうなの？」

「うん。大学生の男の子が、お祭りの帰りに車に轢《ひ》かれたらしくて。ニュースにもなったはず……」

修二さんはそう言いながらスマートフォンを操作する。そして見せてくれた画面をのぞき込むと、そこに表示されたのは昨年の七月末の日付と【自動車に轢かれ、大学生が意識不明の重体】の文字。

画面の文字を目で追えば【祭り帰りの人々の列に車が突っ込み、男子大学生一名が意識不明の重体を負った。容疑者は「酒を飲んだ」「当時のことはよく覚えていない」と話しており、警察は飲酒運転と見て捜査を進めている】と書かれていた。

「意識不明の、重体……」

「そうそう。ニュースでは意識不明ってなってるけれど、、結局このあと亡くなったって噂で聞いたよ」

男子大学生。お祭りの日。亡くなった。

それらの言葉に、浴衣姿で笑う彼の姿が思い浮かべられる。そして——。

『あと、車には気をつけろよ。本当に』

あのときの神様の言葉。もしかして、その男子大学生って……神様のこと？

「修二さん、その人の顔とかってわからない？」

「えっ……僕もそこまでは。あ、でも名前がわかれば調べようはあるかな」

そう言いながらニュースの内容をよく読むと、そこには『市内の大学生、藤見那央《ふじみなお》さん』という名前が載っていた。

「藤見、那央……」

私が呟いた名前に、修二さんは驚いたように画面をのぞき込む。

「その子、確か藤見さんのところの息子さんだ」

「知ってる人？」

「藤見さんはこのあたりでいくつかの神社を管理してる家でね、うちの近所だと霧舞神社というところもそうだよ」

そう言うと、修二さんは思い出したように席を立つ。

「藤見さんのところの子なら、もしかしたら町内会の写真があったかもしれない」

そして別室へ行き、少し経ってから一枚の写真を手に戻ってきた。

「何年か前のなんだけど、この一番端の子だよ」

それは、十数名が写ったお祭りのときの写真だった。子供から大人まで、赤い半纏《はんてん》を着た人々がお神輿の前で笑っている。

その中の一番端に写ったひとりの男性は、少し幼さがあったけれど、サラサラした黒い髪に黒い瞳で、間違いなく彼の姿だった。

やっぱり、そうだった。彼は、去年の事故で亡くなった人だったんだ。

ということは、彼はあの神社の息子……だからあそこに現れていたんだ。そんな彼とわたしは出会ったんだ。やっぱり、あの神社に通っていればいつか神様とまた会えるかもしれない。

わずかに希望が見えた気がして、私は会話の途中にもかかわらず家を出た。

「えっ、はるこちゃん!?」

修二さんの声に返事もせずに、玄関へ向かいサンダルを足につっかける。そしてドアを開けっぱなしにして自転車に飛び乗ると、全速力でペダルをこいだ。

彼が幽霊だなんて、そんなことといまだに信じられない。

だって、彼とは話ができたし、触れられたし、抱きしめられたし、鼓動の音だって感じられた。

なのに、そんな彼が存在しないなんて。そんなの、ありえない。なにかの間違いだと思いたい。

確かめたい。また会えるきっかけがあの神社にはあるかもしれない。

足が取れてしまいそうなくらい必死に自転車を走らせて神社にやってきた。そして自転車を投げ捨てるように飛び降りると、駆け足で階段を上る。

「神様！」

階段を上りきったところで大きな声で呼ぶと、ちょうど拝殿の前にいた野良猫が驚き逃げ出した。やはり今日もそこにひと気はなく、静けさだけが漂っている。

「……やっぱりいない、か」

小さくつぶやきうつむくと、額ににじんでいた汗がぽたりと落ちた。木陰の下、ほのかに吹いた風が涼しい。

するとそのとき、背後からじゃり、と小石を踏む音が響いた。

「どうかしたのか？」

こちらへ投げかけられた低い声に振り向けば、そこには白い着物に紫色の袴《はかま》をはいた、五十代くらいの背の高い白髪交じりの男性がいた。

その格好からおそらくここの宮司《ぐうじ》なのだろう。竹箒《ほうき》を手に鋭い目つきでこちらを見ている。

無愛想なその顔に一瞬ひるむけれど、私の顔がよほど必死だったのか、その人は少したじろぎながらも静かに言葉を続けた。

「驚かせてすまなかった。最近肝試しだとかで昼夜を問わず遊びに来る若者が多いもので……だが見た感じ違うようだな、お参りか？」

お参りといえばそんな感じなのかもしれない。なんて、ひとり心の中でつぶやく。

それにしても、ここの宮司さんなんて初めて見た。そういえば、さっきの修二さんの話では、彼はここの神社の息子だと言っていた。

あれ。ということはつまり、この人が彼のお父さん？

ちら、と再度顔を確認するけれど、いかつく怖そうな顔をしていて彼の父親というイメージとはかけ離れている気がする。でも、確認してみなくちゃわからない。

「……神様に、お願いしてるんです。藤見那央さんに、会いたいって。あなたは、彼のお父さんですか？」

私の口から出たその名前に、男性の目が大きく開いた。

「たしかに俺は那央の父親だが……那央とは、どういう関係なんだ」

「うまく言えないんですけど……私にとって、大切な人です」

私と彼の関係を、なんと答えていいのかわからない。友人でも、恋人でもない。それにこの前までここで彼と会っていたんです、なんて言ったとしても、信じてもらえないだろう。

そうわかっていてもこぼれた『会いたい』の言葉。すると、その人は小さくうなずいた。

「なら、会いに行くか」

「え？」

ついてこい、と抑揚のない口調で手招きをする。

会いに行くって、どこに？

わけもわからないままあとをついていくと、なぜか車に乗せられた。そしてそのまま連れていかれたのは、隣町の少し大きな病院だった。

なんで病院？　ていうか、言われるがままについてきてしまったけど大丈夫だったのかな。静かな病院内を歩きながら少し不安を感じ始めた、そのときだった。

「ここだ」

足を止めた彼のお父さんにつられ、私も足を止める。

するとそこは、ある病室のドアの前。【藤見 那央】と名前が書かれていた。

神様の名前……。

恐る恐る、ドアを開ける。真っ白な部屋の中では、大きな窓から風が入り込み、カーテンが揺れている。

その部屋の中央に置かれたベッドには、目を閉じ眠る彼の姿があった。

サラサラとした真っ黒な髪、伏せられた睫毛、形の整った閉じたままの唇。

今まで私が見てきた彼そのものだった。けれど、神様でも幽霊でもない。

「なん、で……」

「一年前事故に遭ってから、ずっと眠り続けているんだ。どうしてか、亡くなったって噂が回っているらしいが、ちゃんと生きてる」

腕や身体につながれた管と、ピッ、ピッ……と音を立てる機械。それらはまだ彼の命が続いている証明だった。

彼は、ずっと眠り続けていたんだ。きっと、私と過ごしていた間も身体はここにあったんだ。

夢のような、つくり話のような、信じがたいこと。けれど、彼は彼の夢の中で私と過ごし、言葉を紡いでくれていたんだ。

お父さんは「那央、来たぞ」と声をかけ、その肩をトントンと叩く。でも、彼からはなにも反応はない。

ベッドの横に立ち、私もおぼつかない手つきで彼に触れる。色の白い頬を指先でそっと撫でると、かすかな体温とやわらかさをたしかに感じた。

……生きて、いる。彼はここで、ちゃんと生きてる。

その事実についこぼれた涙を両手で拭うと、那央のお父さんはハンカチをそっと手渡してくれた。小さく礼をしてハンカチを受け取ると、涙を拭う。

「お父さんは、毎日ここへ来てるんですか？」

「あぁ、朝と夕方に一回ずつ来てる。目覚めるためには、話しかけることも大切だって、医者から言われたからな」

毎日毎日ここへ通い、反応がない相手に話しかける。それはどれだけ切なくて、むなしくて、心が痛むことだろう。想像しただけで胸が痛くて、私は服の上から胸元をぎゅっと握る。

「……つらく、ないですか？」

無意識に問いかけてから、自分の発言が失礼だということに気がついた。

「あっ、すみません。私、すごく失礼なこと……」

「いや、いい。よく周りからも言われるし、俺自身もつらいときはたしかにある」

そんな私の不躾《ぶしつけ》な発言にも彼のお父さんは嫌な顔を見せなかった。むしろ、穏やかな目をしてみせる。

「待つだけの毎日はつらいけど、那央は生きてるから。目覚める日が必ずくることを信じて待つさ」

そう言って私に向けられたお父さんのまっすぐな目は、嘘でも強がりでもなく、心から彼が目覚めるのを信じている目だった。

そう、彼は生きている。眠っているだけで、いつか目を覚ます日がくるはず。

それが、何日後か何カ月後か、何十年後かはわからない。けれど、お父さんは希望を捨てずに信じてるんだ。

……私も、信じたい。彼が目覚めるその日を、信じたい。

そしていつか、目を覚ました彼に『ありがとう』を伝えたい。あなたのおかげで私の生きる世界が変わったこと、その言葉に励まされ支えられたこと。

たくさんの気持ちを伝えたい。信じたい、ううん、信じる。

そう、ひとつ決意した。

「……あの、また彼に会いに来てもいいですか?」

今度は私から、まっすぐ見つめて問いかける。すると、お父さんはそっと目尻を下げて笑ってうなずく。

「もちろんだ。いつでも来ればいい」

会いに来るよ。声をかけて、手を握って、あなたに触れた。

『俺が、はるこの居場所になるよ。だからなにも怖くない』

その言葉が、感じた体温が、私を救ってくれた。だから今度は、私が寄り添う番だ。

いつまでも、何度でも。いつかまた、ふたりで空を見上げる日を夢見て。

5. たとえ、夢でも

暑い夏が終わり、町の景色は鮮やかな紅葉に包まれた。

二学期になりようやく残暑が終わったと思えば、あっという間にあたりの木々は赤く色づき、肌寒さを感じさせる風が吹いていた。

「はるこちゃーん、今日も帰り病院寄っていくの？」

「うん」

「そっか、おばあちゃん入院しちゃって大変だね。帰り気をつけてね」

詩月ちゃんとそんな会話を交わして、手を振り教室を出た。

詩月ちゃんは先輩からなにも聞いていないのか、神社でのことを言われることはなく、いつも通りだ。

自転車に乗り、タイヤで枯葉を踏みながら自宅ではなく駅の方向へと向かう。

そして駅前の花屋で小さな花束を購入し、バス停からバスに乗り込むと【西町《にしまち》中央病院前】のバス停で降りた。

……詩月ちゃん、嘘ついてごめん。

病院へ行くのは本当。けど入院しているのはおばあちゃんじゃない。

いつものように病院へと入ると、三階の病室へと向かう。ドア前には【藤見　那央】の名前。

「こんにちは、那央」

声をかけた先には、今日も彼が眠っていた。

彼が、ここで眠ったままでいると知ったあの日から二カ月。私は毎日のように那央の様子を見にきている。

それは、私があの日決めたこと。

今度は私が、彼に寄り添う。目覚める日を信じて待つと。

何度も訪れて、いつしか彼を『神様』ではなく『那央』と呼ぶことにも慣れた。

……さすがに彼のお父さんの前で『神様』と呼ぶわけにもいかないしね。

お花を飾るよりも先にベッドの横の椅子に座り、布団の中の手をそっと握る。

「もうすっかり秋だね。外、紅葉がすごく綺麗だよ」

私は彼が起きているかのように話しかける。

「そういえば昨日ね、梨花の保育園がお弁当の日だったんだけど、初めて私がお弁当つくってあげたんだ。そしたら、あんなに嫌いだったトマトもちゃんと食べてきたんだよ」

そして話すことといえば、小さな幸せの話。

どんなにその手を強く包もうと、握り返してはくれない。いくら話しかけても相槌は返ってこないし、目が覚めたときにはこんな話、覚えていないだろう。それどころか、私の存在すらも知らないかもしれない。それでも、声が、感触が、彼の目覚めるきっかけのひとつになるのなら。

その可能性に、かけたい。

「三苫さん」

あとからやってきたのは那央のお父さん。「こんにちは」と返すと、相変わらず無表情のままだ。けれど、見慣れてしまった今となっては怖いなんて少しも思わなくなっていた。

「今日も来てくれたのか。いつも悪いな」

「いえ、私が勝手に来てるだけで……あ、これお花買ってきたんです。飾ってもいいですか？」

高校生のお小遣いで買える程度の、決して豪華ではない花束。けれど那央のお父さんはそれを見て嬉しそうに笑ってくれた。

那央のお父さんは基本的には仏頂面《ぶっちょうづら》だけど、時々優しい顔をする。こうしてしょっちゅう顔を合わせるうちに、少しずつ打ち解けてきた気もする。

私はベッド横の台に置かれた花瓶を手にすると、病室内の流しを使って花をいける。縦に長いピンク色の花びらは、凛としていて綺麗だ。

「那央。今日の花はね、ネリネっていう花だよ。花言葉は『また会う日を楽しみに』なんだって」

花屋で見つけて、思わずこの花を選んでいる自分がいた。初めて会ったときに神様がくれたピンク色の花によく似た花だった。

また会う日を楽しみにしてるよ。そう微笑みながら那央に話しかけ、花瓶を台に置いた。

ふと視線を感じて顔を上げると、那央のお父さんがなにかを言いたげにこちらを見ていた。

「どうかしましたか？」

「ずっと聞こうと思っていたんだが、君と那央は恋人だったのか？」

「え!?」

突然のその問いに、つい大きな声を上げてしまう。けれどすぐここが病院だと思い出し慌てて口を塞ぐ。

「いっいえ、そういうのではなくて……」

たしかに、毎日のようにお見舞いに来てこうして話して……友達というには距離が近すぎる。

いつか追及されるだろうとは思っていたけれど、いざそうなるとなんて言っていいかわからず動揺するばかりだ。

神様としての彼と会ってた、なんて信じてもらえないだろう。

友達とは少し違う気がする、けれど恋人ではない。ただの知り合いよりはもっと近くに感じるものがある。

「……なんて言っていいかはわからないんですけれど、那央は私にいろんなことを教えてくれた人なんです」

「いろんなこと？」

「人との向き合い方や幸せの見つけ方……自分ひとりでは見えなかったことが、那央のおかげで見えたんです」

たとえば、顔を上げれば星がきらめいていること。

雨が降ったあとには、虹がかかること。

今日を振り返れば、小さな幸せがあふれていること。

勇気を出して相手と向き合ったら、たくさんの愛が私に向けられていたこと。

それらは全部、神様が教えてくれた。

「伝えきれないくらい、感謝してるんです。那央に直接その気持ちを伝えたいです」

ひとつひとつの景色を思い浮かべると、そこにはすべて彼がいる。

それがまたこの心をあたたかくして、笑顔になった。そんな私を見て那央のお父さんはつられるように笑った。

その目尻の下がった表情が、少し那央に似ていることに気がついた。

病院を出てバスに乗り、駅から自転車で自宅に向かう。明かりの少ないあぜ道を走りながら視線を上げると、広い空には今日も無数の星が輝いていた。

「今日も星が綺麗だなぁ……」

つぶやきながら、その道の途中にある『霧舞神社』の看板を横目に見る。その文字に那央の笑顔を重ねて思い出すと、不意に寂しさが込み上げた。

……会いたい。

もしも那央が目覚めたときに、彼の記憶に私の存在がなかったとしても、それでもいい。ただ、またあの笑顔に会いたい。声が聞きたい。

いつかまた、ふたりで空を見上げたい。そのとき見るのはどんな空だろう。こんな星空？　出会った日のような雨空？　それとも……。

「おねーちゃん！」

あぜ道から一本入ったところで、遠くから呼ばれて見ると、そこには街灯の下で手を振る梨花と修二さんが立っていた。ふたりに駆け寄り、私は自転車を止める。

「梨花！　修二さんも、どうしたの？」

「コンビニまでおつかい！　それでねぇ、もうすぐおねーちゃんくるかなってまってたの」

笑って話す梨花に、修二さんは「ね」と優しくうなずくと私から自転車を受け取る。

「いっしょにかえろ！　ママがごはんつくってまってるよ」

そう言って手を伸ばす梨花の小さな手を、そっとつなぐ。

「うん、帰ろうか」

憂鬱だった通学路がつらくなくなったのは、いつからだろう。この小さな手を自然につなげるようになったのは。笑って話ができるようになったのは。

……全部、神様と出会ってから。

ほら、またこんなに彼の存在が私の胸を占める。

会いたい、話したい、笑い合いたい。

今度は神様じゃない、あなたと。


それから、数日が経ったある日のことだった。

テスト期間を迎え、早めに学校から帰ることができた私は、テスト勉強もそっちのけに病院へとやってきた。簡単な勉強くらいだったら那央のそばでもできるし。

そんなことを考えながら、いつものように那央の病室へとやってくると、病室の前には那央のお父さんがいた。廊下を行ったり来たりして、なんだかそわそわとした様子で落ち着きがない。

「こんにちは、どうかしたんですか？」

声をかけると、那央のお父さんは足を止めて私を見やった。

「それが、今朝那央が一瞬反応を見せたらしくてな。もしかしたら、近々目を覚ますかもしれないそうだ」

「えっ!?」

那央が、目を覚ますかもしれない――？

予想外のその言葉につい声を上げてしまった。通りがかった看護師に怪訝な目を向けられ、私はお父さんといいそいそと病室に入った。

今日も静かな病室の中には、ひとり眠る那央の姿がある。

あいかわらず、まだ眠ったまま。だけど、那央が起き上がる姿をどうしても期待してしまう。

私が、那央のお父さんが、待ち望んだ日がくるかもしれない。そう思うと嬉しさを隠し切れず、ついにやけてしまいそうになる。

早く、目覚めないかな。声が聞きたい、話がしたい、笑顔が見たい。

きっと那央のお父さんもそんな気持ちから落ち着けずに、そわそわしていたんだ。

そう思いながら、ベッド横の椅子に腰を下ろし那央のお父さんを見た。

けれど、ベッドを挟んで私に向き合う形で立つ那央のお父さんは、口を結んでなんだか複雑そうな表情をしている。

「……嬉しく、ないんですか？」

そんなわけない、そうわかっていても聞いてしまった。私の問いかけに、那央のお父さんは渋い表情のまま首を横に振った。

「いや、もちろん嬉しい。……だが、那央が目を覚ましたところで、どう接していいか正直わからない」

「親子なのに、ですか？」

お父さんの言葉の意味がのみ込めず首をかしげる。

「親子だから、だ」

やっぱり意味がわからずさらに首をかしげた。那央のお父さんは頭をかきながら近くにあったパイプ椅子に座る。すると、ギッと軋むような音だけが室内に響いた。

そして少し間を空けて、その口を開いた。

「妻……那央の母親は、那央を産んで亡くなったんだ」

「え……」

「もともと体が弱くてな、覚悟の上での出産だった」

那央の、お母さんが……？

これまで、お父さんとは会ってもお母さんに会うことはなかったから、あえて聞かないようにはしていた。

けれど、那央を産んで亡くなっていたなんて。衝撃的なその話に思わず言葉を失う。

「妻側の親族はそのことをひどく恨んでいた。命がけの出産を止めなかった俺のことも、亡くなった原因である、那央のことも」

顔を歪めるお父さんから、その切なさが伝わってくる。

「那央がまだ子供の頃に、妻の親族が言ったんだ。『あの子が死んだのは那央のせいだ』、『那央がいなければあの子はまだ生きていたはずだったのに』と」

「そんな……」

「それ以来那央は、『母親が亡くなったのは自分のせいだ』と塞ぎ込んだ。笑うこともなくなって、俺とも口を利かなくなった」

身内を失った悲しさから出た発言だったのかもしれない。けれど、それを子供である那央になすりつけるのは違う。

自分のせいでお母さんが亡くなった。そんな風に言われ、那央は子供ながらにどう思っただろう。

「外では普通を装っていたようだが、時折夜中にひとり声を押し殺し泣く那央の姿を見たこともある」

どれほど傷つき自分を責めただろう。

その心を想像するだけで悲しくて、胸が締めつけられた。

「そこで俺がきちんとフォローできていたらまた違ったんだろう。だが、俺はそんな那央とどう向き合っていいかわからず、忙しさを理由に話し合うこともしなかった」

お父さんは、低い声でつぶやく。

「それどころか、那央が十三のときに『那央にも母親が必要だろう』なんて周囲の言葉に流されて、言われるがまま再婚をした。那央のためになるならとそればかり考えて、那央の本当の気持ちを考えていなかった」

「その再婚相手の方と那央は、うまくいったんですか？」

「……いや。那央と折り合いがつかなくて、相手は一年足らずで出ていった。あの頃は那央のためにと必死だったが、今思うといきなり知らない相手と親子になんてなれるわけがないよな。俺の考えが、浅はかだった」

新しい家族とうまくいかずに……。その状況は少し前の自分と重なる気がした。

お父さんは、那央のためにと再婚を決めた。けれど、那央にもきっと受け入れられない理由があって、それを伝えることができなかった。

ひとり悩んで苦しんで、その想いから生まれたものが、彼が私にくれた言葉たちだったのだろうか。

——言わなければ伝わらない。逃げるな。

それはきっと、彼が自分自身に言いたかったこと。

「……素直になれなかったんですね、ふたりとも」

「あぁ。なにも言えないままこじれにこじれて、次第に衝突も増え、那央が事故に遭った前日も大きな喧嘩をした。……本当は優しい子だとわかっていたのにな」

そう言って細めた目から、那央への想いが込められているのが感じ取れた。

「俺は、妻が亡くなったのを那央のせいだなんて一度も思ったことはない。むしろ那央がいたから、あいつも最後まで幸せだった。命をかけてでも産みたいと思うほど」

お父さんは悲しげに那央の横顔を見つめている。

「そんな風にして産まれたたったひとりの息子が、大切じゃないわけがないんだ」

つぶやかれたそのひとことに、那央への愛が込められている気がした。

本当は、お父さんは那央を大切に思っている。けれど、不器用なふたりは向き合うことができず、素直になれないまま。

そんな関係性は、以前の自分と家族を見ているかのようだった。

那央も、こんな風に私を見て自分と家族を重ねていたのかな。だからこそ、そばにいてくれたのだろうか。

那央が神様じゃないと知った日から、心の奥底で疑問に思っていた。

どうして私だけに神様が見えたんだろう。霊感があるわけじゃない、神様や幽霊を信じていたわけでもない。そんな私の前に、どうして彼は現れてくれたんだろうって。

それが今、少しわかった気がした。

もしかしたら、互いの心の中の孤独が呼び合って、出会ったのかもしれない、なんて。そんな夢みたいなつながりを信じたくて、私は那央の手をぎゅっと握った。

……神様。本物の、神様。

もし本当にいるのなら、チャンスをください。那央とお父さんに、向き合うチャンスを。

私は、大切な那央にも、そんな那央を思うお父さんにも、どちらにも後悔をしてほしくない。誰にも、寂しい思いはしてほしくない。

ほんの少しでも、ひとかけらでもいい。本当の気持ちが伝わってほしい。そう強く願い、握る手に力を込めた、その瞬間。

指先がピクッと動いたのを感じた。

え……？　今、那央の手が……。

驚きながら顔を上げ、那央を見る。すると、それまで伏せられていた那央のまつ毛がそっと動き、ゆっくりとまぶたが開いた。

そこからのぞいたのは、黒い瞳。

「那、央……？」

驚いて、うまく声が出ない。

そんな中、精いっぱいしぼり出した声で名を呼ぶと、向かいに座っていた那央のお父さんが立ち上がり、廊下へ飛び出した。

その拍子にパイプ椅子が倒れ、ガシャンと大きな音を立てる。那央は音に驚くこともなく天井を見つめている。

那央だ。私が知っている彼となにひとつ変わらない。

やっと、会えた。神様じゃないあなたと、会えた。

そう実感した途端一気に涙が込み上げてきて、私は那央の手を握ったまま泣いた。

「那央……那央っ……」

……会いたかった。

そればかりが胸にあふれて、言葉にならなかった。

まだ意識が朦朧《もうろう》としているのか、彼はぼんやりとしながらも私に目を向けた。

「那央、わかる……？　私のこと、お父さんのこともっ……」

ところが彼から発せられたのは――。

「……だ、れ……だ？」

そのひとことだった。

「え……？」

それと同時に病室には医師や看護師がバタバタと駆け込んできた。

誰って……私のこと、覚えてないの？

その事実に愕然とし、手から力が抜けると、互いの手は簡単にほどけてしまった。

看護師さんから、「検査をするから」と一度病室を出るように言われ、私は廊下へ出た。

ざわざわと騒がしくなる病室からドアを一枚隔てた廊下はとても静かで、自分だけが別世界にいるような気がした。

そっか、那央の記憶に私の存在はなかったんだ。あの神社での日々はあくまで夢の中での話で、神様としての彼と那央は別のものだったのかもしれない。

……それでもいいって、思っていたのに。

見返りなんて求めていない。私が寄り添いたいと思っていただけ。その彼が目を覚ましてくれた。それだけで嬉しい、はずなのに。

そう思うのに、苦しい。

本当は、忘れないでほしいと願っていた。

彼と初めて出会った日の雨上がりの空。

ふたりで目を覚ました朝の空にかかっていた虹。

抱きしめてくれた腕と、落ちた線香花火。

ただの大切な時間だったから。私だけじゃなく、那央にも覚えていてほしかった。

ただの夢だったなんて、思いたくないよ。

「那央……」

呼んだ名前に涙があふれ、視界をにじませ頬を濡らした。


それからどれくらい、呆然としていただろう。

涙も枯れ、ただぼんやりとすることしかできずにいると、突然肩をぽんと叩かれた。

「わっ」

叩かれたことで我に返り顔を上げると、そこには那央のお父さんが立っていた。

少し泣いたのだろう、目を赤くしたお父さんは喜びたいような喜べないような、相変わらず少し難しい顔をして立っていた。

「まだいたのか。すまない、気にかけてやれなくて」

「いえ……って、あれ、今何時ですか？」

「六時過ぎだ」

あれから二時間は過ぎていたらしい。ぼうっとしていて気づかなかった。病室にいた那央のお父さんも私がまだいるとは思わなかったのだろう。

「あの、那央は？」

「今また眠ったよ。詳しい検査はまた明日以降だが、今のところは特に異常もない。

記憶も、事故直前のことまで覚えていて、家のことや友人のことも覚えてる」

異常はなく、記憶もある。よかった……。

ひとまず彼の状態にほっとする。けれど「……だが」と渋い顔で続ける言葉から、その先のセリフが想像ついた。

「……私のことは、覚えてないんですよね」

先回りして言うと、お父さんは唇を結んで静かにうなずいた。

……そっか。やっぱり。

私と彼が過ごしたあの時間は、すべて彼の夢でしかなかったということ。他の人のことは覚えている中で、私の記憶だけがないということはそういうことだ。

忘れられていてもいいって、そう思ってた。それでもまた会えればいい、笑ってくれたらそれだけでいいって思ってた。

だけど、本当に忘れられているなんて。

全身の力が抜け、むなしさと悲しさが胸に押し寄せる。自分の言葉などただの綺麗事でしかなかったのだと知った。

実感した途端、すっかり止まったと思っていた涙がまたあふれて、膝の上にぽたりと落ちた。

すると、ハンカチがそっと差し出された。顔を上げると、那央のお父さんが、私の目をまっすぐに見てくれていた。

「だが、これから時間をかけて思い出すかもしれない」

「え……？」

「今はまだ目を覚ましたばかりで、曖昧なところもあるだろう。だから、思い出すまで嫌ってほど顔を見せてやればいい」

無愛想な顔で言われた言葉は、とても力強く聞こえた。

……そうだ。

今の彼の記憶に私がいないのなら、これから思い出してもらえばいい。

だって、あの時間は夢なんかじゃない。私が神様と過ごした日々は、たしかにあったのだから。

下向かないで、上を向いて。逃げるな。

神様がくれた言葉は、ずっと私を支えてくれる。

ハンカチを受け取り涙を拭うと、私は呼吸を整える。

「……私、諦めません。一緒にいたこと、いつか思い出してほしいから」

そう言って那央のお父さんを見ると、お父さんも微笑んでうなずいてくれた。

諦めない、諦めたくない。

あなたと過ごした時間がたしかにあったこと、知ってほしいから。

6. つなぐ

那央の記憶の中に自分の存在はなかった。

そう知った日の夜、夢を見た。あの神社で那央が虹を見上げている夢。

ずっと会いたかったのに、その姿は私の胸を強く締めつけて、苦しさを感じさせた。

……那央、こっちを向いて。私を見て、また笑いかけて。

そう何度も思うのに、どうしても声が出ない。

空を見上げる那央の横顔を見ているうちに目が覚めてしまい、涙を流している自分に悲しくなった。それは、どんなに願っても彼にはもう届かないことを意味しているように感じられて、まぶしい朝日の下で私はほんの少しだけ泣いた。

そして泣き終わったら、諦めないと決意を固めて起き上がる。


『西町中央病院前、西町中央病院前……』

バスの中でうとうとしているとアナウンスが聞こえてきて、慌ててバスを降りた。

病院前のバスロータリーに降りると、あたりは一面真っ白な雪景色だ。

「さむ……」

つぶやくと、白い息が空気に溶けた。

制服の上からしっかりとコートを着込んで、赤いチェック柄のマフラーに鼻までうめる。

この町で初めて迎えた冬。それはこれまで過ごしてきた町の中で一番寒く感じる冬だった。

まだ慣れない雪道をショートブーツで慎重に歩いて、私は今日も病院へと入った。外とは打って変わって病院内はあたたかい。私はマフラーをほどきながら那央の病室へ向かう。その途中で声をかけてきたのは、顔見知りとなった看護師さんだった。

「あ、三苦さん」

「こんにちは、今日もお見舞い？」

「はい。那央、病室にいます？」

「今リハビリルームにいるんじゃないかな。最近熱心にリハビリしてるから」

そう教えてもらい、小さくお辞儀をすると病室の一階下にあるリハビリルームへと向かった。

那央が目を覚ましてから三カ月。季節は冬となり、クリスマスと年末年始を越え、一月下旬を迎えている。

あれから那央の経過は良好で、検査も特に異常はなし。けれど長期間眠っていたことで筋力が衰《おとろ》えており、まだスムーズには動けない。

そのため、まずは歩くことや自然に動くことを目標にリハビリをしているのだ。

こっそりとリハビリルームをのぞき込むと、歩行訓練や軽い運動などさまざまなリハビリを行う人々の中で、壁際の椅子に座っている那央が見えた。

冬だというのに汗をかいている彼は、看護師さんが言っていた通り熱心にリハビリに励んでいたのだろう。なんだか少し疲れているようだった。

その様子をうかがっていると、顔を上げた彼と目が合った。

「な、那央」

名前を呼ぶと、那央はこちらを見て顔をしかめる。

「なんだよ、また来たのかよ」

「うん。リハビリ好調？」

軽く声をかけてみるけれど、那央は鬱陶《うっとう》しそうに目を背けた。

「何度来られても俺はお前なんて知らない。だからもう来るなって言っただろ」

目を覚ましてから、那央はずっとこの調子だ。

神様として会っていたということは言えず、『友達のようなもの』と関係をごまかした私を怪しんで、心を開いてくれない。

それでも毎日のようにお見舞いに通ったからか、目覚めた頃に比べれば多少はましになった。

考えてみれば、目を覚ましたら急に一年経ってるし、知らない女が何度も会いに来るし、受け入れられなくても無理はないと思う。

『はるこ』ではなく『お前』、と変わってしまったその呼び名を聞くたび、胸がチクリと痛むけれど。その痛みをぐっとこらえていると、那央の額に汗がにじんでいるのが目に入った。

「あ、那央。汗かいてる……」

ポケットからハンカチを取り出し、汗を拭おうと手を伸ばす。けれど、彼はそれを嫌がるように私の手をパンッと払った。

その勢いに、手から離れたハンカチが床に落ちる。

「あ……悪い」

彼も悪意はなく、咄嗟に拒んでしまったのだろう。しまった、といった顔で落ちたハンカチを見る。

「ううん、ごめん。あ、私病室からタオル持ってくるよ。そのままじゃ汗乾いて風邪引いちゃうし」

空気をそれ以上重くしないように笑顔をつくると、私は急ぎ足でリハビリルームを出た。

静かな廊下を早足で歩いて、那央の病室を目指す。

そうだよね、いきなりさわられそうになったら嫌だよね。拒むのは仕方ない。そう、仕方ないことだ。

……なんて、必死に言い聞かせても泣いてしまいそうだった。

あんなに近くにいたはずの神様が遠い。今の那央にとって、私はただの他人でしかないのだと思うと胸が痛い。けれど、私は両頬をパンッと叩き気合を入れ直す。

泣くな、泣くな。傷ついてる場合じゃない。諦めないって決めたんだから、強くなれ。

そう何度も何度も自分に言い聞かせ、涙を無理矢理引っ込める。そして深く息を吸い込むと、病室でタオルを手に取り那央のもとへ戻った。

「那央。タオル持ってきたよ」

リハビリルームへ戻ると、那央は「ん」とそれを受け取った。

そのとき一瞬目が合ったけれど、那央はすぐに視線を逸らしタオルで顔をふいた。

「そろそろ病室戻る。悪い、車椅子持ってきて」

「うん」

私は言われた通り、部屋の端に置いてあった車椅子を用意した。

那央はそれに移ろうと、一度椅子から立ち上がる。ところが、そのままその場に転倒してしまった。

「那央！　大丈夫？」

「あー……クソ、思ったように力入らねー……」

「一年も眠ってたんだもん、仕方ないよ」

悔しそうにゆっくりと体を起こす彼に手を貸して、車椅子に乗せるけれど、その顔はやはり晴れないままだ。

那央は、リハビリを始めてから苛立っていることが多い。

目を覚ましてからは、自分が一年も眠っていた事実と向き合うことで頭がいっぱいだったと思う。けれど次第にそれを受け入れ、日常生活に戻るためのリハビリを始めたところで、予想以上に自分の体が弱ってしまっていることに気づいたのだ。

自分の体が思うように動かない。その絶望的な気持ちは少なからず想像がつく。

「じゃあ車椅子動かすね。まっすぐ病室でいい？」

「……あぁ」

車椅子を押して、エレベーターに乗る。病室へ向かう間も、彼は無言だ。

しばしば見るこの苛立った表情は、神様だった那央の表情とは全然違う。

神様だった彼は、いつも余裕のある笑顔でいた。けれど、こういう姿こそが本当の彼なのだろう。

人間らしい彼を知る。那央にとっては不本意だろうけど、私にとってはそれが嬉しくて、少しでも力になれたらと思う。

「那央、見て。外」

廊下を歩きながら窓の外を指す。

那央もそれに続いて、視線を下から上へ向ける。窓の外には病院の中庭があり、そこに植えられた木には、真っ白な雪の中で真っ赤な寒椿《かんつばき》が咲いていた。

「綺麗だね。この雪の中でも咲いてるなんて、すごいよね」

「……そうだな」

「下ばっかり向いてたら、花が咲いていることも見落としちゃうよ。……なんて、神様の受け売りだけど」

はは、と笑うと、那央は訝《いぶか》しむように眉をひそめる。

「神様……ってなに？　胡散臭《うさんくさ》い」

引き気味に言う那央に、いやもともとはあなたが名乗ったんだけどね、と心の中で突っ込んで苦笑いをした。

「信じてくれなくてもいいよ。私はたしかに神様と会ったんだから」

「背が高くて、若い男の人で、黒髪で浴衣着てたかな」

「へぇ、どんなやつ？」

「それ絶対人間だろ。神様なんて嘘だって」

いや、だから那央が言ったんだってば。

そう言いたいけど、言ったところで信じてもらえないだろうし、余計に怪しまれそうなので慌てて気持ちをのみ込む。

「そんな胡散臭い神様だけど、言ってたんだよ。上を向いたらいろんなものが見えるって。小さくても、幸せなことがたくさんあるんだって」

今でも目をつむればすぐに思い浮かぶ、満天の星や、雨が上がったあとの大きな虹。

「だから、顔上げてさ。今はまだうまくいかなくて苛立つこともあるかもしれないけど、ゆっくりでも一歩ずつ歩こう？」

神様が私に教えてくれたことを、ひとつひとつゆっくりと紡ぐ。那央はそんな私を見上げて、子供みたいな泣き出しそうな目で笑った。

「……そうだな」

ほんの少しでもいい。今はあなたの力になりたい。

病室に戻り、那央はベッドへ、私はその隣に座って数学のテキストを広げた。

「なんだよ、勉強？」

「うん。来月テストあるし……数学、あんまり得意じゃないから少しくらいは勉強しておかないと、と思って」

そう言いながらペラ、とページをめくると、那央は相槌を打ちながらテキストの中をのぞき込む。

「お前、高校出たあとの進路は？　もう決めてんの？」

那央になにげなく問いかけられる。

「最初は就職を希望してたんだけど、いろいろ考えて家族とも話して、短大に行こうかなって思ってる」

「へぇ、なんで？」

「もともと就職したいっていうのも、早く自立して家を出たいからって理由だったんだよね。でも今はもう少し家族と過ごしたいって思うから……ならその間、もっといろんなことを勉強したいなって」

去年の春には、ここを出ていくために就職したいとしか考えていなかった。けれど、神様と出会って、家族と過ごしているうちに、まだもう少しここにいたいと思うようになった。

そんな中で、なりたいものややりたいことを見つけていきたい。

「そう思えるってことは、いい家族なんだろうな」

ぼそ、とつぶやいた那央はテキストを見つめたまま。

「那央だって、いいお父さんがいるじゃん」

「はぁ？　あの親父が？」

やはりまだいい関係ではないのだろう。お父さんの話題になった途端、那央の顔は不機嫌そうに歪められる。

「子供の頃から仕事ばっかで俺のことは放置して、俺の意見なんて聞きやしない。喧嘩をした思い出すらないよ」

そういえば、お父さんが以前言っていたっけ。向き合い方がわからず仕事に逃げてしまった、と。

那央からすれば自分を気にかけてくれない父親という印象なのだろう。

「でも那央が眠ってる間、毎日来てくれてたし、本当は那央のこと大好きなんじゃないかな」

「それはない。絶対ない」

フォローするけれど、那央にはバッサリと切られてしまう。

「……俺は、あいつから母さんを奪ったから。あいつは俺のこと、憎んでるんだよ」

那央は、少し悲しげな目でつぶやいた。

そんなことない、そう強く否定したいけれど、お父さんの気持ちを私から伝えていいのかな。部外者である私が勝手なことをするのは、違う気がする。

そう思っていると、テキストの間から一枚の紙がひらりと落ちる。

「ん？　なんだこれ」

那央が拾ったそれは、先日学校で受けた数学の小テスト。それは見事にバツばかりで、ひどい点数のものだった。

「うわ……これ、さすがにまずいんじゃないのか？」

「かっ解答欄ズレちゃっただけだし！　もう、見ないで！」

家族にも見られたくなくて、テキストに挟み込んだままだったのを忘れていた。

呆れたように言う那央の手から、慌てて奪う。そんな私を見て、彼はふっと笑った。

「仕方ねーな。現役大学生の俺が教えてやろう」

「え？　いいの？」

「来るなって言っても来るし、見舞いに来てたから成績落ちた、なんて言われたら困るからな」

そう言って、子供扱いするように私の頭をぽんぽんと撫でた。その手に、神様に頭を撫でられたことを思い出す。その手の感触が懐かしくて嬉しくなった。

するとそのとき、ガラッと病室のドアが開いた。

「三苫さん、来てるか……」

入ってきた那央のお父さんはこちらを見て、それから那央を見るとすぐ目を背けてしまう。

「はい、どうかしましたか？」

「いや、いい。邪魔したな」

それだけ言って体の向きを変え、そのまま病室を出ていってしまった。そんな後ろ姿を見て、那央は小さくつぶやく。

「……ほらな。あれで大好きとか、ないだろ」

目を覚まして以来、ふたりがまともに話しているところを見てない。

お父さんも、那央が寝ているときやリハビリ中に来るだけで、顔を見たらすぐ帰ってしまう。きっと、以前言っていた通りお父さんは那央とどう接していいかわからないのだろう。

けれどこのままじゃ、那央も誤解しているようだし、溝は深まるばかりだ。

憎んでるなんて、そんなことあるわけないのに。

血がつながっていても、気持ちを伝え合うことは、なんて難しいんだろう。


それから数日。私は相変わらず、放課後には那央のもとへ行き、少し話をして勉強を教わるといった毎日を過ごしていた。

神様と話していたときのように自然と話せることも増えて、そのたびに嬉しさが募っていく。

そんなある日、持ってきた花を花瓶にいけていると、那央がぽつりとつぶやいた。

「……その花、よく持ってくるな」

「うん。冬の花だから、もうじき持ってこれなくなっちゃうけど」

それは、那央が眠っているときから飾っているネリネの花。見た目も気に入って今でも持ってきているけれど、花屋の店員さんから『今年はもうすぐ終わりなんです』と言われてしまった。

惜しむように丁寧に飾っていると、ベッドに座っていた那央が口を開く。

「目が覚めた日、真っ白な天井のあとに目に入ったのがその花だったのを覚えてる。どうしてか、懐かしい気持ちになった」

そう言われて、自分があの花に込めた想いが伝わった気がして嬉しかった。この花は、神様が私に『よく似合う』と言ってくれたあのピンクの花に似ているから、那央が少しでも私のことを思い出すきっかけになればいいと思っていた。

「この花はネリネって言って、『また会う日を楽しみに』って花言葉があるんだって」

「また会う日を……」

「ずっと、那央に会いたいって思ってた。今も、思ってる」

目を覚ました那央に会いたいって思ってた。そして今は、いつか神様に会えたらって思ってる。そんな願いを込めて。

「どうしてお前は、そんなに俺にこだわるんだ？　俺は、お前のことを思い出せないのに」

那央からの問いかけに、答えは迷うことなく出てくる。

「那央のことが、大切だから」

あなたがくれた言葉が、ぬくもりが、あなたのすべてが大切だから。

その想いを言葉に表すと、恥じらいもなく自然と笑みがこぼれた。

那央はそんな私を見てなにかを言おうとした。けれどそのとき、那央は頭を押さえ痛そうに顔を歪めた。

「いって……」

「那央？　どうかしたの、大丈夫？」

「なんか、お前のこと思い出そうとしたらいきなり頭が痛く……」

よほどの痛みなのだろう。那央は苦しそうに頭を抱えている。

そんな姿が痛々しくて、私は慌てて那央の身体をベッドに横たわらせた。

「無理しないで。思い出せなくても仕方ないよ」

そっと髪を撫でると、じんわりと汗がにじんでいる。

タオルでそれをそっと拭うと、「水買ってくるね」と私は部屋をあとにした。

思い出そうとしただけで、あんな頭痛が襲うなんて。彼自身が思い出すことを拒んでいるかのようだ。

……大丈夫。思い出せなくても仕方ない。こんなことでいちいち傷ついていられない。泣かない。強くなるって決めた。

そう、また何度も心の中で繰り返す。けれどこらえきれず、ついに涙はこぼれてしまった。

やっぱり、つらいよ。苦しいよ。

自分にとってあんなに大切だった日々が彼の中には残っていないと知るたび、悲しくてこらえきれなくなる。

精いっぱい泣き声を押し殺していると、背後から小さく足音が聞こえた。

「三苦さん？」

名前を呼ばれて振り返ると、そこにいたのは那央のお父さんだった。お父さんは私の泣き顔を見ると、驚いたように目を見開いた。

「どうしたんだ？　那央となにかあったのか？」

「い、いえ、なんでもないです。勝手に気持ちが昂《たかぶ》っちゃって」

必死に笑ってごまかすけれど、涙は止まらない。そんな私の様子に、那央のお父さんは涙の理由を察したようだった。

「やっぱり那央に一度強く言って、多少強引にでも思い出させたほうがいいんじゃないのか？」

「いいんです、那央は悪くないから……本当に、大丈夫ですから」

涙を拭って早々に会話を終えると、私は逃げるようにその場から駆け出した。

駄目だな。何度自分に言い聞かせても心がくじけてしまう。悲しいとかつらいとか、そんな気持ちはのみ込んでしまいたいのに。

涙がおさまって冷静になるまで、思った以上に時間がかかってしまった。まだ少し目は赤いけれど、呼吸は落ち着いたし、那央のもとへ戻ることにした。

病室へと歩いていると、那央の部屋から回診を終えたらしい医師と看護師が出てきた。

「はぁ……藤見さんのところ、親子揃うといつも空気重いのよね」

「こら、そういうこと言わない」

ため息混じりに言う看護師と、それを諫《いさ》める医師。そんなふたりを横目に私も病室へ入ろうとした。今の看護師さんの口ぶりから、病室には那央とお父さんがふたりでいるのがわかった。

そっか、お父さんあのまま病室に入ったんだ。病室にふたりきりなんてめずらしい。

そう思いふたりの様子をうかがうように病室をのぞいた。

ドアをかすかに開けると、そこにはベッドに座る那央と、背中を向け窓の方を見ているお父さんの姿がある。

どんな会話がされるのだろうと、ついドア越しに聞き耳をたてた。

「那央。お前本当に三苫さんのこと、覚えてないのか」

するると、お父さんから発せられたのは意外な話題だった。

三苫さんって……私のことを話してる？

早くなる鼓動をおさえながら那央の反応を見ると、那央はお父さんの方を見ようとはせず、無言のままシーツを見つめている。

「彼女がどれくらいお前のことを考えているのかわかっているのか？　毎日のように見舞いに来て、声をかけて……なのにお前は」

那央のお父さんの、厳しく叱るようなきつい口調。

先ほどのこともあり、私のために言ってくれているのだろう。

記憶がないのは那央のせいじゃない。お父さんもきっと、頭ではわかっている。けれど、こんな風にぶつかることでしか話ができないのかもしれない。

お父さんがそこまで言葉を続けた、そのとき——。

那央は思い切り手を振り上げ、ベッド横の台に置かれていた大きな花瓶を落とした。

ガシャーン！という大きな音とともに、床には割れた破片と私が持ってきたネリネの花が散らかる。

「うるせぇな……俺だって、好きで覚えてないわけじゃない」

驚いて那央を見ると、その顔は今まで見たことないくらいの苛立ちに歪められていた。

彼自身も、思うように体を動かせないことや、自分の記憶が抜け落ちていることにストレスを感じていたのだと思う。でもそれを素直に言えないのだろう、言葉が暴力的に飛び出す。

「どうせ忘れるなら、いっそ全部忘れたかったよ！　あんたのことも、母さんのことも！」

那央がそう声を張り上げた瞬間、お父さんは那央の胸ぐらに掴みかかり腕を振り上げた。

駄目だ、これ以上なにかを発したら、動いたら、粉々になる。きっと戻れなくなってしまう。

そう思って、私の体が咄嗟に動く。

「駄目!!」

ドアを開け、声を上げた。

たったそれだけのことしかできなかった。けれど、ふたりは私の声ですぐ我に返ったようだった。

「どうかしましたか!?」

すぐ駆けつけてきた看護師に、お父さんは那央から手を離し、何も言わず部屋を出ていく。

「あの……っ」

「……頭を、冷やしてくる」

声をかけようとした私にそれだけ言ったお父さんの横顔は、唇が震えていて今にも泣き出しそうだった。

お父さんが去ってから、看護師たちや他の患者たちが何事かと集まってきた。その視線を遮るように、私はドアをそっと閉めた。

那央はずっとうつむいたままだ。

「……那央。お父さんに言いすぎだよ」

「うるせぇ……ほっとけよ」

「でも」

『忘れたかった』だなんて、言われたお父さんも、言った那央も悲しいはず。

そう思って、那央に触れようと手を伸ばすけれど、その手は思い切り振り払われた。

「他人のお前には関係ないだろ。頼むから、もう首突っ込まないでくれよ」

その強い拒絶は私の胸にズシンとのしかかり、それ以上その場にいることができなかった。頭がぐらりと傾くような衝撃がして、私は逃げるように部屋を出た。

……『関係ない』

たったひとことなのに、胸が苦しい。

そうだよ。だって、ただの他人だ。関係ないし、口を挟むべきでもない。

けれど、どうにかしたい、力になりたい。そう思うのに、どうしていいのかがわからない。

私だって、関係ないと神様を突き放したことがあるのに、あのとき神様は私から逃げ出さずにいてくれた。なのに私は今、なにもできなかった。

それから私は、那央とも那央のお父さんとも顔を合わせることができず、ただ黙って病院をあとにした。

他人のお前には、関係ない。そう拒絶されたことが、私を臆病にさせる。

そうだ、前にもこんな気持ちを感じていた。誰とも向き合えなくて、逃げていたばかりだった自分。あのときは、神様がいてくれたのに……。

そんな風に思えば思うほど、この胸をいっそう締めつけた。


翌日。私は教室の窓から雪が積もり真っ白になった外を見つめていた。思わずこぼしたため息に、隣で同じように窓の外を見ていた詩月ちゃんが心配そうに私を見た。

「どうしたの？　なにかあった？」

「え？　……ううん、なんでもない」

しまった、心配させてしまったかも。はっとして首を横に振る。

けれど詩月ちゃんにはお見通しのようで、私の鼻をぎゅっとつまむ。思わず出た「ふがっ」という間抜けな声に、彼女の目はおかしそうに笑った。

「はるこちゃんって、嘘つけないよね」

へへ、と笑う詩月ちゃんにそれ以上ごまかせる気もせず、私は那央のことを少しぼかして昨日のことを相談してみることにした。

「……実は、大切な人が、いるの」

ざわざわとにぎわう教室の隅で、ぼそっとつぶやく。

「私はその人のおかげで、家族や詩月ちゃんとも向き合えた。すごく支えてもらったの。けど、彼が悩んで苦しんでいるときに私はなにもできなくて……。どうしたらいいかも、わからないの」

なにをどうしたら、那央と那央のお父さんはわかり合えるんだろう。私にできることはあるのだろうか。

昨日からずっと考えているけれど、なにひとつ答えは出てこない。

「そっか。はるこちゃんが変われたのは、その人がいたからだったんだね」

私の話に、詩月ちゃんは納得したようにうなずいた。

「じゃあ今度は、はるこちゃんがしてもらったことを、同じようにその人に返してあげたらいいんじゃないかな」

「私が？」

那央がくれたものを、同じように……？

「なにも力になれないなんてことないよ。なにをしてあげられるか、よりも、自分がどうしてあげたいか、をやってみたらいいと思う」

窓の外を見上げる詩月ちゃんにつられるように視線を移すと、雲の切れ間からところどころ光が射していて、降り積もった雪がキラキラと輝いている。

神様が、那央が、私にしてくれたこと。

言葉で励まし、上を向かせてくれた。気持ちは口に出して伝えないと伝わらないことを教えてくれた。いつでも味方でいるからと背中を押してくれた。

そうか。それを今度は那央にそのまま返せばいいんだ。那央の背中を優しく押して、向き合う勇気を与えたい。

神様が私にしてくれたようにうまくはいかないかもしれない。けれど、それでも自分がしたいと思うことを精いっぱいやってみよう。

「……うん。ありがとう、詩月ちゃん。ちょっと勇気出たかも」

「どういたしまして。うまくいったら、いつか私にもその人のこと紹介してね」

笑って言う詩月ちゃんに「いつかね」と約束した。

関係ない、と彼は拒むかもしれない。けれど、関係なくたって笑っていてほしいよ。

『関係ないかもしれないけどさ。だからってどうでもいいってわけじゃない』

そう言ってくれた神様を思い出す。こうやってまた、神様の言葉が私を動かす力になるんだ。


その日の放課後、私は意を決して病院へとやってきた。

那央と顔を合わせてうまく話せるだろうか。伝えたいことは伝わるだろうか。そんな不安ばかりが込み上げる。

それでも勇気を出して一歩踏み出すと、ロビーの長椅子に座る那央のお父さんの姿が目に入った。

「あれ……那央のお父さん？」

どうしてここに、と一瞬思ったけれど、きっと那央のもとへ来たものの顔を合わせづらくてここにいるのだろうとすぐに思った。

声をかけると、こちらを見る。その顔は昨日とは違って冷静だ。

「……今日も来てくれたのか」

困ったように、けれど少し安心したようにお父さんは笑って頭をかく。

「昨日は悪かったな。みっともない親子喧嘩を見せて」

「いえ……普段はなにも言えないのに、私のために言ってくれたんですよね」

これまで那央とまともに会話もしなかったのに、私のために会話をしてくれた。そのことに対しふふと笑って言うと、那央のお父さんは視線を足元に向ける。

「どうして、那央の記憶にないのが君なんだろうな」

「え？」

「俺のことだったら、忘れられても構わない。だが、君や妻のことはそう言ってほしくなかった」

昨日お父さんが怒ったのは、那央がお母さんのことも忘れたかったと言ったから？

普段は自分の素直な気持ちをひとつも言えないのに。人のためになら、なにかを言ったり、怒ることができるんだ。そういう優しいところは、やっぱり那央のお父さんなんだと思った。

けれど、『俺のことは忘れてもいい』なんてこと、言わないでほしい。

「そんな、悲しいこと言わないでください」

忘れていいことも、忘れていい人もいない。

だってそんなの、悲しすぎるよ。

「余計なお世話かもしれないですけれど、私やっぱり、ふたりには向き合ってほしいです」

普段はこんなこと言ったことがないからか、那央のお父さんは少し驚いた顔で私を見た。

「お父さんが那央のことをすごく考えているように、きっと那央にも抱えているものがあるはずだから。なのにそれをお互い知らずにこのままなんて、もったいないから」

ふたりにとって難しいことはわかってる、けれど、向き合って、伝え合ってほしい。

「三苦さんの気持ちは嬉しいが、今さらどうすればいいか……」

「家族の思い出のものとか、なにかありませんか？　お母さんとの写真とか……」

ふたりの和解のきっかけになりそうなものがあればいいんだけれど。

そうたずねると、お父さんはうーんと頭を抱える。そして少ししてから「あ」と声を出した。

「思い出というほどでもないが、あるとすれば、日記だ」

「日記ですか？」

「あぁ。妻が妊娠してから毎日のように日記をつけていた」

お母さんがつけていた日記。

そこでふと思い出す。田舎町の夫婦、病があった妻、残された夫と息子、幸せが綴られた日記……。神様が話してくれた切なくあたたかい物語。

もしかして、あれは那央のお母さんの話だった？

だとしたら、もしかしたら。それをきっかけにわかり合えるかもしれない。だって、あのときの神様はとても愛しいものを見るような目をしていたから。

「それ、私も読みたいです。いいですか？」

「え？　構わないが……」

日記に食いついた私に、那央のお父さんは戸惑いながらもうなずいてくれた。

7. 背中合わせ

そのまま那央のお父さんに連れられやってきたのは、那央の家かと思いきや霧舞神社だった。

夏に来て以来の神社は、雪が積もり景色を一変させていた。足跡ひとつない境内を歩くと、サク、サク、と軽い音がした。

「神社にあるんですか？」

「あぁ。妻の親族と折り合いが悪い話はしただろう。そのせいで妻の死後、妻に関する写真や遺品はほとんど向こうにとられてしまってな。日記だけは守るためにここに隠したんだ」

那央のお父さんは拝殿の中に入り、棚から平べったい缶を取り出す。埃の積もった蓋を外すと、その中からは一冊のノートが出てきた。

「……あれ」

「どうかしましたか？」

「ページが開かれてる。誰か……もしかして、那央が読んだのか？」

「あ……たしかに、読んだって言ってたかも」

思い出すのは、以前神様が言っていたこと。

『息子がその日記の存在を知ったときにはすべてが遅かった』

そういうことだったんだ。

古びた表紙をそっとめくると、一ページ目には【九月十三日　初めての日記】と小さく丸い文字で書かれていた。

昨日病院に行ったら、妊娠が発覚した。けれど、私の身体では出産に耐え切れないらしい。先生からは『一度考えるように』と言われたけれど、私は産みたいと思う。一晩かけて、考えた。私は子供と彼になにを残せるか。

そして考えた結果、私の想いを残そうと決めた。いつでも振り返れるように、このノートに書き留めて。

そこには、那央のお母さんがこの日記を書こうと思ったきっかけが綴られていた。

【九月二十日】

博嗣《ひろつぐ》さんに妊娠のことを話した。そして、身体のことも話した。大きく喜んでから不安な顔をして、やがて泣き出した彼は、子供のようにまっすぐな人だ。

見た目は少し怖いけれど、こんなにも優しさにあふれた彼なら大丈夫。子供を任せられる。そう感じることができて幸せだった。

【十月十日】

病院に行って、順調な成長を確認。けれど、先生からは『考え直さないか』と言われてしまった。それでも、やっぱり私はこの子を産みたいと思う。私がこの世界に生きていた証を、残したい。


一枚ずつページをめくり、彼女が残した言葉をひとつひとつ読んでいく。私の隣で那央のお父さんが、涙をこらえるようにぐっと拳を握るのが見えた。

やっぱり、今でも奥さんのことを思い出すと悲しいのだろう。

今でもこんなに愛されている那央のお母さんのやわらかな人柄は、日記の文面からも伝わってきた。


【一月二十日】

つわりがおさまり、安定期に入ったみたい。久しぶりにご飯がおいしくて、幸せ。彼と一緒に食べるから、いっそうおいしく感じるんだろう。


【二月二十六日】

少し気が早いかもしれないけれど、博嗣さんと子供の名前を決めた。男女どちらだとしても〝那央〟。ゆったりとしているという意味を持つ〝那〟と、私の名前、美央から取った〝央〟。名前の通り穏やかに生きてほしい。そしてせめてこの子の名前の中だけでも、私がそばにいられるように。


【五月三十日】

最近博嗣さんが、ひとりで出かけるな、家事も俺がする、安静にしていろ、となんだか口うるさい。口癖のように言うのは『お前ひとりの身体じゃない』。那央、よかったね。あなたのパパはとっても優しい人だよ。


小さな文字で綴られていた日記。そこには、日々の些細な出来事がいくつも書かれていた。

幸せだった、嬉しかった、何度も出てくるその言葉に、読めば読むほど胸が切なく、でもあたたかくなった。

子供を産めば命を落とすかもしれない。それでも那央のお母さんは、死を目の前にしても幸せだったと伝えてくれている。

いつか那央が『自分のせいでお母さんは死んでしまった』と自分を責めてしまったときに、『那央のおかげで幸せだったんだよ』と言うため。そのためにこの日記を残してくれたんじゃないかと思えた。

日記は、六月二日で終わっていた。


【六月二日】

そろそろ予定日。今日で、この日記も最後になると思う。もしも私が生きて出産を終えられたら、この日記を彼に見せよう。そしていつか那央にも見せて、『こんなこともあったんだよ』って、笑い話にしよう。

もしそれが叶わなくても、いつか博嗣さんか那央がこの日記を見つけてくれますように。


博嗣さんと、那央へ。

誰が私をかわいそうだと言っても、私が今日までとても幸せだったこと、あなたたちだけは知っていてね。

生きる意味を見失ったり、迷い立ち止まったりしまうこと、うつむいてしまうこと。そんなことが、生きていたら何度もあるかもしれない。

そんなときは、顔を上げて。

雨があがったら綺麗な虹が出るから。見えなくたって、きっとそこに虹はあるから。

読み終わって、ゆっくりと息を吐く。そして目をつむって那央のことを考えた。

もしかしたら彼も、この日記を読んだあとに空を見たのかもしれない。この薄暗い社から、お母さんのことを思いながら。

そんな那央の姿を心に浮かべて、私も空を眺める。違う時間、違う季節に見上げる空は色も空気も違うだろう。なのにどうしてか、那央と同じ空を見上げている気持ちになった。

ねぇ、那央。どうしてあなたがあんなにもまっすぐ言葉を伝えてくれていたのか、わかった気がするよ。

上を向け、と言ったのは、見上げた空の美しさに自分も目を奪われたから。

些細な幸せを見つけられるのは、そうすればそれがいつか誰かの幸せにつながることを感じたから。

本音を伝える大切さを説いてくれたのは、伝えたくても伝えられない苦しみを知っているから。

自分がこれまで感じたものを、私にも教えてくれていたんだね。

那央が、神様がいつもどんな気持ちで話してくれていたかを考えたら、私の目からも涙がこぼれた。

そして、最後のページに綴られていたのは――。

そしていつかもし、ふたりが仲違いしてしまうことがあったら思い出して。
喧嘩してもいい、ぶつかってもいいから、向き合うことをやめないで。
本音を伝え合ってね。そうすればきっと、わかり合えるはずだから。

それは那央のお父さんのことをよく知っているお母さんの、切なる想いを込めたものだった。

鼻を小さくすすりながら日記を閉じようとしたとき、その後ろのページにも文字が書かれているのを見つけた。

「あれ……まだなにか書いてある」

見ると、そこにはこれまでの文字とは違う筆跡が書かれていた。

今までごめん。親父とも向き合うよ。　八月十二日　那央

これは……那央が書いたもの？

那央のお父さんも初めて見たのか、驚いてその文字をまじまじと見ている。

「こんなの今まで書いてなかったぞ。それにこの日付……那央が事故に遭った日のあとだ」

事故に遭ってから、ということは神様になってからこの日記の存在を知って読んだのだろう。

読んだとき、きっとすごく後悔したと思う。

でも、それならきっと、この日記がふたりをつないでくれるはず。

そう確信して、私は日記を力強く握って病院へと戻った。

「那央、いる？」

ところが病室には誰もおらず、ベッドだけが残されてがらんとしている。

不思議に思い、近くを通りがかった看護師に声をかけた。

「あの……すみません、那央どこにいるか知りませんか？」

「藤見さんなら、屋上に行くって言ってましたよ。風に当たりたいからって」

屋上……。そういえばこの病院は、昼間だけ屋上が解放されているんだっけ。

「三苫さん、行ってくれないか？」

「でも、お父さんが行ったほうが……」

「三苫さんのほうが、あいつにうまく伝えられそうだから」

そう言われてうなずくと、お父さんを病室に残して私は屋上へ向かった。

最上階に着いてドアを開けると、しんしんと雪が降る誰もいない屋上にひとり、車椅子に座る那央がいた。

空を見上げる彼は、軽く上着を羽織っただけの寒そうな姿。

「体冷えちゃうよ」

声をかけると、那央はまるで私が来るのをわかっていたかのように、驚きもせずに振り向いた。

「頭、冷やそうと思って」

「冷やしすぎだよ」

どれくらいここにいたのだろう。那央の鼻と耳は赤くなっていた。私は自分のマフラーを彼に巻いた。

すると那央は、神様がしてくれたときのように私の手をそっと握る。触れた指先は、凍りそうなほど冷たい。

「……昨日は悪かった。八つ当たりした」

ぼそ、とつぶやくたび、白い息が浮かんで溶ける。

私はその手を両手でぎゅっと握った。彼の冷たい体温と、私の少し高い体温。混じり合う熱を感じると、那央が目を細めた。

「親父からもう聞いてるかもしれないけど、うち、俺が産まれた代わりに母親が亡くなってるんだよ」

「……うん」

「母親がいないっていうことが子供心に寂しかったし、両親が揃ってる友達が羨ましかった。けど、俺にはそんなこと言う資格はないと思ってた。だって俺は、親父から母さんを奪ったんだから」

今にも消えてしまいそうな細い声だった。その声を聞き逃したくないと思うと、呼吸すらも惜しく感じる。

「親父が俺のことで親戚から責められてるのも知ってた。母さんを思ってひとりで泣いてるのを見たこともある。そのたび苦しくてどんな顔をすればいいかわからなくて、向き合うのも怖くなった」

やっぱり、那央は自分を責めていたんだ。

奪ったなんて、そんなことないのに。心ない周りの言葉に、深く傷ついただろう。彼の気持ちを想像すると、どうしようもなく泣きたくなる。さっきからずっと、冷たい風が私たちの髪を撫でていた。

「あれだけ母さんを思ってた親父が再婚したのも、俺のためだってちゃんとわかってた」

「え……」

「相手も悪い人じゃなくて『俺の母親になりたい』ってなにかと気遣ってくれた。だけど、俺が受け入れられず反発して、うまくいかなかったんだ。本当の母親との思い出なんて全然なかったけど、どうしても駄目だったんだ」

那央も、お父さんの気持ちをわかっていたんだ。でも、だからといって受け入れられるわけじゃない。

それは、私もよくわかる。

「うん。那央にとってのお母さんは、お母さんただひとりなんだもん。簡単に受け入れられなくて当たり前だよ」

那央の心を解《ほど》くように、握った手に力を込める。

家を飛び出したあの日、神様が私に言ってくれた言葉は、彼が自分自身に言い聞かせたかったことなのかもしれない。自分はできなかったこと、後悔していること。だから私には後悔させないようにと伝えてくれた。

なら今、私はあなたに伝えよう。

そう決めて、私は口を開く。

「昨日さ、那央はうちの家族をいい家族って言ってくれたじゃない」

「え？　あぁ」

「けど、もともとはあんまりよくなかったの」

いい家族、というのはなにを基準にすればいいのかがわからない。けれど、向き合うことができなかった私たちは、本当の意味で家族にはなれていなかったと思う。

「私、お母さんの再婚でこの町に来たんだ。でも私がここでの暮らしを受け入れられなくて、新しいお父さんともうまくいかなくて、ひどいことも言った」

それは、まだ半年くらい前のこと。誰とも向き合えなくて、目を背けて逃げてばかりいた自分。

「だけど、そのときに神様が言ってくれたの。『言わなきゃ伝わらない』『逃げるな』って」

どんな想いも、言わなきゃ伝わらない。

当たり前のことだけど、とても難しいこと。

「その言葉に背中を押されて向き合ってみたら、本当は私のことすごく考えてくれていたことを知ったの。近くにいたのに、気づかないふりをしてただけだった」

拒んでいただけで、すぐそこに、愛はあったんだ。

そんな想いを込めて伝えると、那央は照れくささがまじった表情で髪をかく。戸惑ったときに出るその癖は、彼のお父さんと同じだ。

「そんなふうに向き合った家族や友達が、今度は背中を押してくれた。だから私は今那央と向き合えているんだよ」

今、逃げずにこうやって那央と話すことができているのは、すべて神様がいたから。

「向き合おうにも、自分のこと嫌ってるやつとどうやって……」

「嫌ってなんてないよ」

「なんで言い切れるんだよ」

疑わしそうな目を向ける那央に、私は神社から持ってきた日記を差し出した。古びたそのノートを見て、彼は不思議そうに首をかしげる。

「なんだよ、これ」

「読んでみて。そして思い出して。那央が、神様がこれを読んでどう思ったか」

嫌いだなんて、そんなことない。那央のお父さんとお母さんが、どれほど那央が産まれてくるのを心待ちにしていたのか。

その想いが、この一冊に詰まっていることを、あなたは本当は知っているはず。

那央はそれを受け取ると、表紙を開く。

そして、一ページ、また一ページとめくるうちに、真剣な眼差しになり、うつむき、時折肩を震わせた。

思い出したのか、新しくお母さんの想いを知ったのか、どちらなのかはわからない。けれど、那央が産まれるのを楽しみにしていたふたりの気持ちが、彼に伝わったのは確かだと思う。

ぽた、と那央の目からこぼれた涙を見て、私は彼の手を再び強く握った。

「うまく伝えられなくても、向き合って、少しずつ伝えてみよう？　怖くても、駄目でも私がいるよ」

　那央はひとりじゃないよ。

　私じゃ大きな力になれないかもしれない。けど、あなたに寄り添って一緒に悩んで迷って、喜んで、泣きたい。

「もしお父さんとまた喧嘩になったら、私が間に入って止めるし」

　まかせて、と笑った私に、那央も涙で濡らした目元を細めて笑った。

「ありがとう……」

　その心の雨が上がるまで、私がそばにいる。だから、大丈夫だよ。


　屋上をあとにし、那央の車椅子を押しながら病室に戻ると、お父さんが緊張した顔つきで待っていた。

「……どこ行ってたんだ」

「……屋上。頭冷やしてた」

　静かに問うお父さんに、那央も低い声で答える。さっきはああ言ったけれど、つかみ合いの喧嘩になったらどうしよう、と少し不安になった。

　ところがお父さんは、大きな手で那央の頭をぽんと撫でた。

「身体まで冷やしてどうする。馬鹿者」

そして、荷物から取り出した上着を那央の肩にバサッとかけた。那央は不意を突かれた顔をしながらも、拒むことなくそれを受け入れた。

照れ隠しなのか、背中を向けたお父さんに、那央も顔を背けたまま口を開く。

「……ごめん。親父」

小さく響いたそのひとことに、那央のお父さんは背中を向けたまま少し黙り、口から息を吸い込んで言葉を発した。

「お前が謝ることなんてなにもないだろ。……俺こそ、今まで悪かったな」

その声は少し震えており、涙をこらえているのがわかった。

ふたりの間には、やっぱりまだぎこちない空気が流れている。けれど、たしかにふたりが背中を合わせながらでも、それぞれ前を向けたことを感じた。

8.
虹

積もった雪が溶け始め、病院前の通り沿いが緑に色づき始めた。

そんな春の訪れを感じ始めた頃、私のもとに吉報《きっぽう》が届く。

「退院?」

リハビリルームの真ん中で、那央が言った言葉を繰り返すと、椅子に座り軽めのダンベルを持ち上げながら彼がうなずいた。

「あぁ。経過も良好、リハビリも順調、車椅子もいらなくなったし、もう今週中には退院だとさ」

那央とお父さんが和解し、二カ月が経とうとしている。あれからふたりはまだぎこちないけれど、少しずつ会話が増えてきた。

那央のリハビリも順調に進み、今では普通の日常生活が送れるくらいにまで回復してきていた。

近々退院もあるだろう、と那央のお父さんから聞いてはいたけれど、本当に訪れたことに感激する。

「そっか、ついに退院かぁ。よかったね」

「よかったけど、大学は留年だし勉強もしなきゃついていけねーし……複雑」

不満げに口をとがらせる那央に、あははと笑う。そんな私を見て、那央もつられるように笑った。

「なぁ、いろいろ世話になったし、退院したらお礼させて」

「お礼？」

「物でもいいし、どこか行くでもいいし」

そんな……お礼を言われるほどのことなんてしていない。けれど、那央にそんなことを言われたのが嬉しくて素直に甘えることにした。

那央と行きたい場所……。すぐ浮かんできたのは、ひとつしかない。

「じゃあ、ふたりで霧舞神社に行きたい」

「神社？　あんな近場出かけるうちに入らないだろ。しかもそこ、うちの神社じゃん」

「いいの。那央のお母さんの日記もあそこに戻したいし……それに私、あの神社好き。神様との思い出がある場所だから」

神様と出会い過ごしたあの場所は、私にとって特別な場所だ。そこに那央と一緒に行きたい。たとえ私ひとりしか覚えていない景色だとしても。

そんな私の言葉に、那央は困ったように笑う。

「お前、本当にその神様とやらが好きなんだな」

「……うん、好き」

那央の問いに答えるというより、『好き』の気持ちを伝えるようにつぶやくと、自然と笑顔になれた。

そんな私を見て、那央はなにかを言いたげに言葉を止めた。

「どうかした？」

「いや、なんていうか……よくわかんねーけど、お前の笑顔見るとたまに懐かしいような気持ちになる」

それは、その胸の中にかすかでも私の記憶があると思っていいのかな。

その小さな希望が嬉しくて、いつか思い出してもらえたらいいのにって、やっぱり思ってしまう。


那央の退院は、その週の金曜日に決まった。

私は学校だったから病院には行けなかったけれど、授業中教室の窓から見えた青空を見て、病院を出た那央も同じようにこの空を見上げているかもしれないと思うと心が弾んだ。

その日の帰り道のことだった。

委員会の仕事を終え、自転車であぜ道を走る。夕方から夜に移り変わる空は、薄暗いオレンジ色になっている。

「那央、今頃家かな……」

那央はこれから、いつも通りの生活に戻っていく。大学に復学して、友達とも遊んで……そんな中で私は、彼にとってどんな存在になるのだろう。

那央は、私との関係について言及してこない。

年齢も違う、共通点もない、そんな私との関係を不思議に思ってはいると思う。けれど強引にたずねることはなく、私を受け入れてくれている。

でも、さすがにもう会えなくなるのかな。このまま思い出してもらえず、いつか忘れられてしまったら……。

那央が退院して、いつも通りの生活に戻れることは嬉しいのに、自分勝手な寂しさと不安が込み上げる。そんなことを思いながら、家の近くの細道に入った、そのときだった。

角から突然強い光に照らされる。それが車のライトだと気づいたときにはもう遅く、車の鼻先が自転車に思い切りぶつかり、私の身体は投げ出された。

スローモーションに感じる瞬間。怖いとか、驚きとか、感情たちがついてくる前に、この状況を冷静に理解している自分がいた。

そして次に浮かんだのは那央の顔。

もう、那央に会えなくなるかもしれないと思ったら、ただひたすら悲しくなった。

そうして気づいたら、私は真っ白な世界にいた。

なにもない空間の中、目の前にはひとりの女性が立っている。

色の白い、黒髪の女性。吸い込まれそうなほど澄んだ瞳をしている。じっと私を見つめていた彼女は、どこか見覚えのある笑顔を見せた。

『ありがとうね、はるこちゃん』

どうして、私の名前を……？

そうたずねようとしたけれど、女性はそのまま光に溶けるように消えてしまった。

見たことも、会ったこともない人。けれど、笑ったときの目元の形でわかった。

——あの人が、那央のお母さんなのだろうと。


ふと目を覚ますと、目の前には見慣れない天井が広がっていた。

ここ、は……。

顔を小さく動かして横を向くと、そこには不安げな顔をしている修二さんの姿があった。

「修二、さん……？」

「あ……はるこちゃん。気がついた？」

名前を呼ぶと、修二さんは深く息を吐いた。

「なんで修二さんが？　ここどこ……」

「病院だよ。はるこちゃんが車とぶつかって救急車で運ばれたって、連絡があったんだ」

　そうか、私、車と……。

　意識がだんだんはっきりしてきて、記憶が戻ってくる。それで来てくれたんだ。

　ゆっくりと身体を起こすと、手足がズキッと痛んだ。修二さんが「無理しないで」と私の身体を支えてくれたとき、お母さんが病室に姿を現した。

「あ、秋乃さん。はるこちゃん目を覚ましたよ」

　お母さんは修二さんの言葉を聞いて私を見ると、目をつり上げて怒りを露わにした。

「はる！　あんたまたボーッとしてたんでしょ！」

　お母さんは、「まぁまぁ」となだめる修二さんを押しのけ、ここが病院だということも忘れているのか、大きな声で怒鳴る。

「かすり傷で済んだからよかったけど、お母さんも修二くんも寿命縮むかと思ったんだから！」

「ご、ごめん……」

　鼻息荒く怒っていたお母さんは次第に静かになり、私をぎゅっと抱きしめた。

「よかった、無事で……」

　つぶやくお母さんを抱きしめ返すと、小さくすすり泣く声が聞こえてきた。本当に心配してくれていたんだ。そう思うと、自分がどんなに幸せなのかを改めて感じる。それと同時に私も家族のことを同じように大切にしていきたいと、お母さんの腕の中で思った。

「そういえば、梨花は……」

見回すけれど、見当たらない。

「おばあちゃんに預けてきたわよ。梨花ちゃんも心配してる」

腕をほどいてお母さんがそう言うと、今度は廊下のほうからバタバタと騒がしい足音が聞こえてきた。

そしてカーテンが開けられたかと思えば、汗だくの那央が姿を現した。

「な、那央!?　どうして?」

まさか那央が現れるとは思わず、大きな声が出る。

お母さんと修二さんは驚いた顔で那央を見ていた。

「さっき親父が忘れ物取りにきたら……っ。お前が運び込まれたこと看護師さんから聞いて……それで俺も、タクシー呼んで来たんだよ」

那央の背後を見ると、彼に続いてお父さんが顔をのぞかせた。

そうだったんだ。それでわざわざ……。

呆《ほう》ける私を見て、那央は拍子抜けした様子だ。

「つーか、なんだよ！　元気じゃねーか！」

「いいじゃない、元気じゃ悪いわけ？」

「悪くねーよ！　なによりだよ！」

なんで私怒られてるんだろう。むきになって言い返すと、那央は気が抜けたようなため息をつく。

「あー……心配した、超焦った……」

そして、そう言いながら私をぎゅっと抱き寄せた。

「な、那央？」

突然の行動に戸惑う。けれど、私の頭を抱き寄せるその手が、かすかに震えていることに気がついて、なにも言えなくなった。

「お前がこのままいなくなったらとか、もう会えなくなったらとか……。そう思ったら、すごく怖くなった」

息のあがった身体で、那央は途切れ途切れにそう言った。

さっきのお母さんと、一緒だ。思わず怒ってしまうくらい、心配してくれたんだ。

まだ本調子ではないはずなのに、そんな状態にもかかわらず駆けつけてくれた。

私のために。私を、思って。

「……よかった。本当に、よかった」

心から安堵してくれているのがわかる、那央のそのしぼり出すようなひとことを聞いたら胸が詰まった。

あぁ、もうそれだけでいいや。あなたのその想いだけで、十分だ。

ふたり過ごした時間がその記憶になくても、今ここに確かなつながりがあるなら。

そう感じて、私も那央を抱きしめた。


それから私はすぐに退院して、季節は春を迎えていた。

町のいたるところで桜の花が咲き、三年生になる始業式の前日。私と那央は、霧舞神社にいた。

長い階段を上り終え鳥居をくぐると、境内に咲くいくつもの大きな桜の木が一面をピンク色で埋め尽くしている。

「わ……綺麗」

つぶやくと、桜の花びらは風に吹かれ青空に舞った。

退院時の約束通り、私たちは霧舞神社へとやってきた。天気もよく穏やかな気候の中、那央は呆れたように言う。

「本当によかったのかよ。こんなところで」

「うん。ここがよかったの」

笑ってうなずくと、那央は「ふうん」と言いながらもまんざらではないような顔で境内を見回していた。

「……まぁ、俺も久しぶりに来ようと思ってたところだったからいいけど」

「ここ、よく来てたの？」

「最近はあんまりだったけど、子供の頃はよく来てたな。悲しいこととか嫌なことがあったときにここに来ると、不思議と安心できたんだ」

そう話しながら社の中へ入ると、以前日記がしまわれていた缶を見つけて、那央がその日記を缶へそっと戻す。その仕草を見ていたら、ひとつ、夢物語のような可能性が頭に浮かんだ。

「ねぇ、もしかしたらなんだけどさ。那央のお母さんはずっとここにいたのかも」

「え？」

その言葉に那央は不思議そうに首をかしげた。

「お母さんは、ずっとここで那央を見守っていたんだよ。なにかあったときも、優しく抱きしめてくれていたのかも」

姿は見えなくても、ずっと、ここで那央や那央のお父さんを包んでいたのかもしれない。

「……そうだったら、嬉しいけどな」

那央が優しく笑って、ふたりで手を合わせて社を出た。

そのときだった。頭上が暗くなったと思うと、ぽた、と地面に雫が落ちた。

「あれ？」

顔を上げると、空から小雨がパラパラと降り始めている。

「天気雨、だな」

「うん。空も明るいしすぐやむよね」

やむまで待つことにして、私たちは社の屋根の下に立ち空を見上げた。どんよりと曇った空から、細かい雫が落ちてくる。

雨の中ふたりでこうして立っていると、初めて会った日のことを思い出す。あのときも、こうやって神様と並んで雨宿りをした。

「なぁ、神様ってどんなやつ？」

那央が突然聞いてくる。まるで私の心の中の景色を読んだみたいでドキッとした。

「どうしたの、いきなり」

「いいから」

那央は空を見上げたまま、私の言葉を待つ。

どんなやつって……那央が神様なんだけど。

「前にも言ったけど、長身で黒髪で、いつも浴衣を着ていた。……不器用だけど優しくて、人一倍寂しさを知ってる人」

気づいてほしいような、ほしくないような、複雑な気持ちでヒントを言うと、那央が静かに口を開いた。

「お前が事故に遭った日の夜に、俺、変な夢見たんだ」

「変な夢？」

「知らない男が出てきて、『はるこをよろしく』って笑う夢」

それって……まるで、私があの日見た夢みたいだ。

覚えているけれど那央には言えずにいた。彼のお母さんであろう女性の夢。

それを思い出していると、那央が言葉を続ける。

「その日から、妙な感覚が消えないんだ」

妙な感覚って？　とたずねようとした、それより先に那央が私をまっすぐ見つめた。

「はるこ」

それは、目覚めた彼が初めて呼ぶ私の名前だった。

「俺はここで、お前をそう呼んでた気がした。はるこは泣いたり笑ったりしてた。その表情を見るたびに、俺はここで生きてるって感じていた気がする」

那央の中にかすかによみがえる、ふたりで過ごした日々の記憶。

「それで気づいたんだ。はるこが『神様』って呼ぶのは、俺なんじゃないかって」

記憶はなくなってなんかなかった。私と神様が過ごした時間はたしかにあって、彼の胸にもその思い出は息づいていた。

その事実が嬉しくて、言葉より先に涙があふれ出す。

「なぁ、神様は俺なのか？　俺たちは、ここで会ってたのか？」

彼の問いかけに、うなずき声をしぼり出す。

「……うん。ずっと会いたかったよ。神様」

ぼろぼろとこぼれる涙を指先でそっと拭って、那央は私をぎゅっと抱きしめた。

神様が消えてしまったあの夏の日から、ずっと、ずっと会いたかった。あなたに名前を呼んでほしかった。

ふたり過ごした時間がたしかにあったと、確かめたかった。

「夏の夜、はるこが『ありがとう』って笑ってくれたのが印象に残ってる。その瞬間、思ったんだ。俺ははるこの笑顔を見るために、ここにいたのかもしれないって」

那央の言葉に、あの夏の情景が鮮やかによみがえってくる。

「はるこの存在に、俺は支えられていたのかもな」

彼があの場所にいたのは、私を見つけてくれたのは、私の耳にその声が届いたのは、那央が目覚めるためだったのかもしれない。それは、なにかひとつでも違っていたら、おとずれなかった奇跡のような……。

「俺とはるこが出会えたのは、きっと偶然なんかじゃない」

今、この瞬間はただの偶然なんかじゃない。

もしかしたら、那央のお母さんと私のお父さんが協力して、私と彼を出会わせてくれたのかも……なんて、夢のようなことを考えて小さく笑った。

「……私も、そうだったらいいなって思う。那央と出会えたのは、偶然じゃなくて運命なんだって、そう思いたい」

あなたと出会えたこと。

あの日突然降った雨。

この町へ引っ越してきたこと。

すべて、運命だった。そう思うと、それまでにあった悲しいことも、とても大切なことのように感じる。

この気持ちを伝えたくて、私も、那央の背中に腕をまわして抱きしめ返す。

「那央に、ずっと伝えたかったことがあるの」

消えたあなたに会えたら、あなたが目を覚ましたら、いつか思い出してくれたら。

そう思ってずっと言えないままだった、あの日の想い。線香花火は消えてしまったけど、ずっと私の中にあった。

「ありがとう。那央がいたから、神様のふりでもそばにいてくれたから、私は前を向けたの」

あなたと再び会って伝えたかった。

ありがとうって、言いたかった。

ようやく迎えられた瞬間に、言葉とともにまた涙があふれ出す。

するとそんな私の頭を撫で、那央は、抱きしめる腕の力をいっそう強くする。

「ありがとうは俺の言葉だ。神様としてここにいたときも、目を覚ましてからも、入院中も、ずっとはるこに支えられてた。俺にとってはるこは、かけがえのない存在だったんだ。すぐに気づけなくてごめん」

その言葉とともに、肩にじんわりと滴がにじむ。

「いつも手を握っていてくれて、ありがとう。今ここで、笑っていてくれてありがとう。はるこが、俺のそばにいてくれてよかった」

ありがとう。

私たちのすべての瞬間に、想いを込めて。

これまでの切なさも、苦しさも、この瞬間のためにあったんだと思うと、今までのこと全部が愛しく思えた。

強く抱きしめ合い、涙を拭って空を見上げると、雨はすっかり上がっていた。

足元には、水たまりに浮かぶ桜の花びら。

頭上には、大きな虹がかかっていた。
それは、あの朝神様と見たものとよく似ていた。
雨上がりの虹がかかる空。
晴れた日の青い空。
星の輝く漆黒の夜空。
これからもずっと、顔を上げるたび、そんな景色が私たちを包んでくれるだろう。
少しだけ強い風が吹く。けれどもう、彼が消えてしまうことはなかった。

End.

あとがき

こんにちは、夏雪なつめと申します。

この度は本作をお手に取ってくださりありがとうございます。


はること神様のちょっと不思議なお話、いかがでしたでしょうか？

読んでくださった方が、はることというひとりの女の子の成長を通して、毎日がちょっと明るく感じられるような気持ちになれたらいいなという気持ちで書きました。

ほんの少しでも、なにか伝わるものがありましたら嬉しいです。


小説を書いていると、よく「話ってどういうときに思い浮かぶの？」と聞かれることがあります。仕事中だったり入浴中だったりと作家さんによって様々だとは思いますが、私は音楽を聴いているときが一番多かったりします。

実はこのお話もそうで、私が大好きなバンド、ＳＰＹＡＩＲさんの『虹』という曲から生まれました。

孤独や切なさの中に光が射すような、そんなこの曲が大好きで、この曲がエンディングに流れるような作品が書きたいなと思ったのがきっかけです。
そのときに思い描いたラストは、主人公が虹を見上げる爽やかなハッピーエンド。
そこに至る過程は、当初書いた内容から幾度もの改稿作業で変わってしまったところも多く……。ですがラストの内容だけは変わることはなく、無事ここまで書き上げられて本当によかった、と作業の終盤は感極まってしまいました。

最後になりましたが、長い期間改稿作業にお付き合いくださった担当の飯塚さま。編集協力の藤田さま。美しい表紙を描いてくださった染平かつさま。そしていつも応援してくださる読者の皆さま。
たくさんの方に支えられて、こうしてまた大切な作品が生まれました。本当にありがとうございます。

またいつか、お会いできることを祈って。

二〇一八年十月　夏雪なつめ

この物語はフィクションです。実在の人物、団体等とは一切関係がありません。

夏雪なつめ先生へのファンレターのあて先
〒104-0031　東京都中央区京橋1-3-1　八重洲口大栄ビル7F
スターツ出版(株) 書籍編集部 気付
夏雪なつめ先生

君と見上げた、あの日の虹は

2018年10月28日　初版第1刷発行

著　者　　夏雪なつめ　

発行人　　松島滋
デザイン　　カバー　徳重 甫＋ベイブリッジ・スタジオ
　　　　　　フォーマット　西村弘美
D T P　　久保田祐子
編　集　　飯塚歩未
　　　　　藤田奈津紀（エックスワン）
発行所　　スターツ出版株式会社
　　　　　〒104-0031
　　　　　東京都中央区京橋1-3-1　八重洲口大栄ビル7F
　　　　　TEL　販売部　03-6202-0386（ご注文等に関するお問い合わせ）
　　　　　URL　https://starts-pub.jp/
印刷所　　大日本印刷株式会社

Printed in Japan

ISBN　978-4-8137-0558-1　C0193

スターツ出版文庫　好評発売中!!

『あの頃、きみと陽だまりで』　夏雪《なつゆき》なつめ・著

いじめが原因で不登校になったなぎさは、車にひかれかけた猫を助けたことから飼主の新太と出会う。お礼に1つ願いを叶えてくれるという彼に「ここから連れ出して」と言う。その日から海辺の古民家で彼と猫との不思議な同居生活が始まった。新太の太陽みたいな温かさに触れて生きる希望を取り戻していくなぎさ。しかし、新太からある悲しい真実を告げられ、切ない別れが迫っていることを知る——。優しい言葉がじんわりと心に沁みて、涙が止まらない。

ISBN978-4-8137-0213-9 ／ 定価：本体540円＋税

『きみがいれば、空はただ青く』　逢《あ》優《ゆ》・著

主人公のあおは、脳腫瘍を患って記憶を失い、自分のことも、家族や友達のこともなにも憶えていない。心配してくれる母や親友の小雪との付き合い方がわからず、苦しい日々を送るあお。そんなある日、ふと立ち寄った丘の上で、「100年後の世界から来た」という少年・颯と出会い、彼女は少しずつ変わっていく。しかし、颯にはある秘密があって……。過去を失ったあおは、大切なものを取り戻せるのか？　そして、颯の秘密が明らかになるとき、予想外の奇跡が起こる——‼

ISBN978-4-8137-0538-3 ／ 定価：本体560円＋税

『奈良まちはじまり朝ごはん３』いぬじゅん・著

詩織が、奈良のならまちにある朝ごはん屋『和温食堂』で働き始めて１年が経とうとしていた。ある日、アパートの隣に若い夫婦が引っ越してくる。双子の夜泣きに悩まされつつも、かわいさに癒され仕事に励んでいたのだが……。家を守りたい父と一緒に暮らしたい息子、忘れられない恋に苦しむ友達の和豆、将来に希望を持てない詩織の弟・俊哉が悩みを抱えてお店にやってくる。そして、そんな彼らの新しい１日を支える店主・雄也の過去がついに明らかに！　大人気シリーズ、感動の最終巻‼

ISBN978-4-8137-0539-0 ／ 定価：本体570円＋税

『夕刻の町に、僕らだけがいた。』　永良《ながら》サチ・著

有名進学校に通う高１の未琴は、過剰な勉強を強いられる毎日に限界を感じていた。そんなある日、突然時間が停止するという信じられない出来事が起こる。未琴の前に現れたのは謎の青年むぎ。彼は夕方の１時間だけ時を止めることが出来るのだという。その日から始まった、ふたりだけの夕刻。むぎと知る日常の美しさに、未琴の心は次第に癒されていくが、むぎにはある秘密があって…。むぎと未琴が出会った理由、ふたりがたどる運命とは——。ラストは号泣必至の純愛小説！

ISBN978-4-8137-0537-6 ／ 定価：本体570円＋税